叶飞为莱芜战役题字

华野司令部政治部为连队颁发"人民功臣第一连"锦旗

我军胜利开进莱芜城

战地丰碑　中国红色文化研究会书库
中国红色文化研究会推荐阅读

决胜莱芜

施永庆——

著

顾　　　问	杨冬权				
编委会主任	刘润为	孙世会			
主　　　编	张福俭	杨秀珍			
委　　　员	胡呈军	徐　峰	吕　宏	王　程	蒋　殊
	姚　霆	郭　强	周长征	郭　松	王进华
	梁玉珍	黄　娜	刘洪武	张永群	王术刚

济南出版社

图书在版编目（CIP）数据

决胜莱芜 / 施永庆著 . -- 济南：济南出版社，
2024. 12. -- （战地丰碑）. -- ISBN 978-7-5488-6905
-4

Ⅰ . I25

中国国家版本馆 CIP 数据核字第 2025KN0576 号

决胜莱芜
JUESHENG LAIWU

施永庆　著

出 版 人　谢金岭
责任编辑　姜天一
装帧设计　刘梦诗　隋金颐
插图绘制　马红豆　张亚慧

出版发行　济南出版社
地　　址　山东省济南市二环南路 1 号（250002）
总 编 室　0531-86131715
印　　刷　济南鲁艺彩印有限公司
版　　次　2024 年 12 月第 1 版
印　　次　2025 年 4 月第 1 次印刷
开　　本　165mm×230mm　16 开
印　　张　8
字　　数　78 千字
书　　号　ISBN 978-7-5488-6905-4
定　　价　29.00 元

如有印装质量问题 请与出版社出版部联系调换
电话：0531-86131736

总　序

　　在历史的长河中，总有一些篇章熠熠生辉，用热血铸就一个国家和民族的精神脊梁，中国革命军事史便是这样一段波澜壮阔、荡气回肠的不朽传奇。从 1927 年南昌起义的第一声枪响宣告人民军队的诞生，到抗美援朝战争的伟大胜利，每一场战役、每一次冲锋，都凝聚着无数革命先辈的奋斗与牺牲，铭刻着他们对国家、对人民的无限忠诚。老一辈革命家、军事家们以非凡的智慧和胆略，在战火纷飞中擘画着民族解放的蓝图；战士们以无畏的勇毅，直面敌人的枪林弹雨，视死如归，用血肉之躯筑起了坚不可摧的钢铁长城。他们的不朽事迹，成为激励一代又一代中国人奋勇前行的精神丰碑；他们的英勇行为，诠释了革命英雄主义，诠释了为了国家和人民的利益不惜牺牲一切的崇高精神。

　　2022 年 8 月 16 日，习近平总书记指出："中国式现代化是物质文明和精神文明相协调的现代化，要弘扬中华优秀传统文化，用好红色文化，发展社会主义先进文化，丰富人民精神文化生活。"如今，一代又一代的新时代少年成长起来，接过旗帜，开拓中华民族伟大复兴的光明前景；如今，我们比历史上任何一个时期都更接近实现中华民族伟大复兴的目标。越是接近这一目标，就越凸显青少年历史担当的关键性、青少年教育成长的重要性，越要深刻践行习近平总书记关于用好红色文化的深刻指示。

当我们翻开这套红色军史故事丛书，一幅幅震撼人心、热血沸腾的历史画卷便在眼前徐徐展开。通过阅读"战地丰碑"丛书中艰苦卓绝的战斗故事和感人至深的英雄事迹，青少年能够深刻感受到革命先辈为了国家独立、民族解放所作出的巨大牺牲，激发内心深处的爱国情怀，培养坚韧不拔的意志品质，树立正确的价值观。更重要的是，通过学习军史，青少年能够明白，人生的价值不在于索取，而在于奉献，在于成为有历史担当、有责任感的年轻一代。

让我们铭记历史，缅怀先烈，传承红色基因，为实现中华民族伟大复兴的中国梦而努力奋斗！这不仅是对革命先辈们的最好纪念，更是我们这一代青少年义不容辞的责任与担当。

以此作结，与读者朋友们和所有青少年朋友共勉。

刘润为

2025 年 3 月

写在前面

1947 年 2 月，华东野战军在陈毅和粟裕的指挥下，发动了莱芜战役。面对国民党军队的南北夹击，华东野战军在山东人民特别是鲁中人民的全力支援下，在多次试探和较量后，主动选择莱芜地区作为主战场。历经三昼夜的激战，生俘、击毙国民党将官 23 名，歼灭国民党军 5.6 万余人，解放县城 13 座、重镇数十处，使鲁中、胶东、渤海解放区连成了一片。

莱芜战役是解放军大规模运动歼灭战的经典战例，其中既有战略层面的对弈，也有战场层面的对决；既有运动穿插，也有设伏歼灭；既有正面进攻，也有侧翼迂回；既有全军突进，也有情报暗战……这场战役，或运筹帷幄、决胜千里，或集中优势兵力、以多打少，或以逸待劳、攻其不备，体现着指挥者的胆大心细、多谋善断，闪耀着老一辈将帅军事思想的智慧光芒。

莱芜战役首创中国人民解放军一次歼敌七个师的纪录。它的胜利，不仅彻底粉碎了国民党当局对山东战场的重点进攻计划，夺取了华东战场的主动权，更重要的是，还使解放军找到了大兵团作战的正确方式。以此为前奏，山东战场先后迎来孟良崮战役、鲁西南战役、济南战役的胜利，并辐射到辽沈战役、淮海战役和平津战役三大战役，为新中国的诞生奠定了坚实基础。

红色资源是鲜活的历史，党的故事、革命的故事、根据地的故事，是对青少年进行党史学习教育最生动的教材。《决胜莱芜》以革命史的故事化讲述方式，详尽介绍了莱芜战役的缘起、爆发及结束全过程，书中的重大事件、主要战斗、人物思想都有史实依据，有相当的历史价值和较强的可读性，有助于进一步引导青少年从中汲取信仰力量，筑牢理想信念之基，成就驱动中华民族加速迈向伟大复兴的磅礴力量。

目录

一 强强联合，"陈粟"会师鲁南

华野山东首捷

极目望去，寒风劲吹，搅动着雨雪狂飞乱舞。天地间雾茫茫一片，但依旧掩盖不了坦克的炮声、机枪的嗒嗒声、手榴弹的爆炸声，夹杂其间的是战士们的嘶喊声、双方搏斗时枪械刺刀的碰撞声、受伤时的惨叫声。

1947 年 1 月 4 日上午，山东峄县东漏计湖边的一片高地上，华东野战军司令员陈毅和副司令员粟裕两人并肩走来，张鼎丞、张云逸等司令员和司令部的几位参谋跟在后面。望远镜的视野里，我军战士在冲锋号声中，虎扑狼群般冲向溃逃的敌军士兵，手榴弹雨点般投向在泥泞中疯狂转动的坦克与卡车。

一辆敌军坦克轰鸣着把道路前方起火的卡车撞到路边，想要夺路而逃，却轧上了我军战士提前布下的地雷，轰的一声不动了，只能转动着炮塔，漫无目的地胡乱射击。其他坦克、卡车见状，争相冲下路基，想要绕行田野，没走多远，却陷在泥潭和沼泽中，动弹不得。部分坦克在泥泞中，蜗牛般爬行。

一群战士围住一辆陷在泥地里的坦克。从观察镜中看到自己被围起来的坦克驾驶员，惊恐地猛踩油门，顿时浓烟滚滚，引擎声激烈响起，车身却不见动弹。战士们大喊："还想跑！"有的用铁锹、洋镐在坦克上猛砸，有的将残破的枪杆往坦克的履带里面塞。一个名叫李友清的战士抱起一大团泥巴抹在观察镜上，接着爬上坦克，想要撬开舱盖。这时，炮塔急剧旋转起来，炮筒向他扫了过去。李友清抱住滚烫的炮筒，被吊在半空中。这时，舱盖突然打开，一支枪伸了出来，对准了炮筒上的李友清。危急时刻，李友清手中的手榴弹冒着烟顺着舱盖的缝隙就钻了进去，接着就是一声闷响，战场上响起一阵欢呼。

高地上，张云逸向陈毅和粟裕报告说："从 2 日晚发动进攻以来，国民党整编第 26 师第 44 旅和第 169 旅大部已经被歼灭。这两个旅中间位置的第 26 师师部与第 1 快速纵队见势不妙，准备逃回峄县，我军按照计划在此成功阻击快速纵队。"

粟裕放下望远镜，笑着说："当年台儿庄战役时，日军战车也曾陷入这里的沼泽地无法逃脱。这也没过几年，国民党也步入日本鬼子的后尘喽！"

陈毅在一旁说："这支快速纵队是机械化旅，国民党的宝贝呢。咱们要发财了，可不能让它跑了！"

张云逸笑着说："我都查着数呢！一个加强榴弹炮团、一个运输汽车团、一个战车营、一个侦察搜索营、一个工兵营，还有几十辆美式坦克与日式坦克——这些都是咱们的啦！"

众人哈哈大笑起来。远处，燃烧起来的汽车和坦克冒起一团团巨大的黑色火焰，硝烟弥漫在白色的雨雪中。

此时，战场上的形势呈现一边倒的局面：众多敌军步兵跪在地上，举手投降；几名国民党军官下令停止抵抗；坦克手们纷纷打开舱盖，举着手从坦克车中爬了出来……投降的敌军士兵在军官们的带领下被解放军战士押送着集合到一起。

山东野战军第1纵队司令员带着一名警卫员小跑着来到高地上，立正敬礼："报告首长，这场战斗我们缴获了坦克24辆，美式重炮30多门，卡车200多辆。请指示！"

粟裕和陈毅相视一笑，陈毅欣慰地说："好，好！我们过去看看这些'铁疙瘩'！"

一行人走下山坡。经过被解放军战士看守着的俘虏队时，一名敌军坦克兵对他的同伴们说："我们在印度、缅甸打了三年，一直是向前冲的，美国人对我们也赞赏有加，想不到今天会败得这样惨。"粟裕等人听后都哈哈笑起来。

陈毅对粟裕说："'韩信点兵，多多益善'。你就是那个韩信啊！咱们华中和山东两大野战军兵合一处后，这是第二个大胜仗了。有你的军事指挥，宿北战役、鲁南战役，胜仗一个接一个，以后你要指挥咱们华东野战军打大仗、打胜仗，打出一个新中国！"

粟裕动情地说："陈军长啊！你是我的老领导了，也是咱们部队的定海神针。只要有你带领，咱们大仗、胜仗有的是！"

在缴获的战斗物资存放地，陈毅登上了一辆坦克，坐在炮塔上，张鼎丞、张云逸站在旁边。一位摄影师眼疾手快地按下了快门。儒帅陈毅心怀舒畅，忍不住诗兴大发，操着洪亮的四川口音吟道：

快速纵队走如飞，印缅归来自鼓吹。

鲁南泥泞行不得，坦克都成废铁堆。

快速纵队今已矣，二十六师汝何为？

徐州薛岳掩面哭，南京蒋贼应泪垂。

1月20日，华东野战军攻克枣庄，俘虏整编第26师师长马励武、整编第51师师长周毓英，鲁南战役胜利结束。战役历时19天，歼灭国民党军2个整编师师部、4个旅和1个快速纵队共5万多人。这场战役是山东、华中两大野战军会合后，集中兵力、统一指挥的一次伟大胜利，创造了我军在华东战场上一次歼灭国民党军两个整师的纪录。

陈诚献计蒋介石

南京国民政府驻地。

啪的一声，一只茶杯被扔在地上摔得粉碎。紧接着，又是一堆文件掉落在地板上，夹杂着台灯和电话机等物被摔碎的声音。见到蒋介石的雷霆震怒，门口的侍卫吓得面色发白，笔直地站着，一动不动。

"委座息怒。"国民党军参谋总长陈诚迈了进来，看见满地的杂物，向侍卫使了个眼色，侍卫赶紧上前把地上的物品收拾干净。

蒋介石稍微平息了一下怒气："辞修啊！你说我怎么不生气呢！没打赢不说，第 1 快速纵队还被共军一锅端了！还有一大批火炮、汽车也被他们吞了！党国哪经得起这帮败家子折腾！"

陈诚取出一份电报说："恭喜委座，共军已经放弃苏北、皖东的众多城市，撤往山东临沂一带。"

蒋介石反问："恭喜？共军不战而逃吗？"

陈诚说："苏北物产丰富，便于军队筹措粮草等物资，他们放弃这些地方，意味着即使他们打了胜仗，也是惨胜。他们已经没有兵力守住这些地方了。"

蒋介石扬起眉毛看着陈诚。

陈诚继续说："鲁南战役，即便我军损失了两个师加一个机械化快速部队，还有开战以来损失的区区 20 万人马，但换来了实实在在的土地啊！我军虽略受损失，但就全盘战局而言，实属莫大之成功。"

蒋介石听了若有所思。

陈诚接着说："以前共军之所以能多次战胜我军，就是依赖于部队能在广阔的空间内快速地运动，避免决战，然后在机动中寻找胜机。此战法屡试不爽。共军被我军压缩以后，生存空间越来越小了，决战的态势已经形成。"

蒋介石频频点头："辞修言之有理。如今，莫斯科三国外长会议在即，我们急需一场大胜证明国民政府的力量啊！"

陈诚自信地说："共军虽然连胜两轮，但退守山东一隅，再无迂回穿插、辗转腾挪的空间，只剩死守一途。因此，我们只要调集重兵包围，就能从容蚕食，消灭共军。"

陈诚拍了拍手，副官走了进来，呈上一份文件。蒋介石伸手打开，上面写有"鲁南会战计划"六个字。计划详述了国民党部队如何于陇海、胶济、津浦三线上集中重兵，分南、北、西三个方向对我军及根据地形成包围之势，在南线主攻，逼迫我军于山东解放区首府临沂地区进行决战的设想。

蒋介石赞道："计划果然不错，我军有美国人帮助，天上有飞机，地上有大炮，火力凶猛，共军这帮泥腿子只有小米和步枪，断不是我军之敌手。只是共军若避开我正面主力，该当如何？"

陈诚说："若是普通城池，共军的确常有弃地存人之举，不过，临沂是山东解放区根据地首府，关乎军心士气，政治意义和军事意义非凡，共军不会轻易放弃，所以正面决战不可避免。"

蒋介石略有所思地说："伯陵（国民党军将领薛岳）任徐州绥靖公署主任几个月，苏北和鲁南连战连败，这是指挥不力啊！此次鲁南会战，你到徐州坐镇指挥如何？"

陈诚立正敬礼，说："愿为委座效死！"

徐州东关大街。

报童在街上叫卖："号外号外！总参谋长陈诚亲自坐镇徐州督战；欧震率领'国军'三大主力集团军逼近郯城；空军轰炸临沂……共军节节败退，临沂指日可复！"

随着报童的叫卖，不时有人停下脚步购买报纸。

此时，陈诚召集了各军主官在徐州绥靖公署召开军事会议。他下令，由整编第19军军长欧震指挥8个整编师共20个旅，组成南线主要突击集团，自陇海路东段台儿庄至城头一线，分三路沿沂河、沭河北进临沂；以第二"绥靖区"副司令官李仙洲指挥3个整编师共9个旅为辅助突击集团，由胶济铁路明水至张店之线南下，乘虚袭击华东军民的大后方，实行南北夹击的战略。

同时，从豫北、冀南抽调王敬久集团（辖敌五大主力之一的第5军及整编第75师、第85师、第72师）集结在鲁西南地区，阻止我军西撤和东援。

在陈诚看来，这已从三个方向上堵死了我军所有前进或撤退的空间。除非我军向东下渤海，否则无法逃脱。

部署完进军计划，他环视在座的欧震、胡琏、李天霞、张灵甫、黄百韬等国民党军将领，表态道："党国成败，全看鲁南一役，只许成功，不许失败！"

在陈诚看来，双方一旦决战，山东的大局就可以安定下来了。

同时，他叮嘱南线集团军的欧震，要在排兵布阵时将主力与偏师混搭，即在南线左路军中夹整编第 11 师，中路军里夹整编第 74 师，右路军中夹整编第 25 师。这三支部队都是蒋介石多年培养的嫡系部队，装备一流，战斗力很强。其中，整编第 74 师还是拱卫南京的"御林军"。这种阵式，陈诚美其名曰"烂葡萄里夹上硬核桃"，设想左、中、右三路大军齐头并进，稳扎稳打，滚筒前进，整体抱团挤压我军的作战空间，绝不单独突出冒进。

欧震多年与我军作战，认为此举确实抓住了我军的软肋，便赞叹道："总座英明啊！战略上，我军南北组合重拳夹击，战术上克制共军的游击战，我看这次华野在劫难逃！"

陈诚得意地对欧震说："我军集团式推进，即便全是豆腐渣，也能胀死共军！"

就这样，欧震集团军 30 多万人马排成了 40 里长的方阵，缓慢地齐头并进，每天的平均行军距离不超过 6 公里。他们摆出连环马阵式，一步步地向临沂城推进。

那段日子里，临沂上空几乎每天都有大批飞机进行轰炸扫射。国民党方面大肆进行心理威慑，广播电台每天反复播出国民党军"所向披靡"的胜利战况，他们还用飞机在解放区到处撒传单。

传单上写着：

"国军节节胜利，苏北、皖东众城逐一克复。"

"共军唯一出路，就是投降国民政府。"

"缴枪投降，带着一支步枪就赏两块大洋，人人升三级。"

华野战士们对此传单都嗤之以鼻。对他们来说，传单的用途就是用来点火或上茅厕。但对时任中国民主联盟军司令的郝鹏举来说，这些传单让他有些心惊。

中国民主联盟军有 2 万余人，原为国民党新编第 6 路军，1946 年 1 月在台儿庄、枣庄前线起义。起义后，陈毅没有让郝鹏举参加过任何战斗，想将这支旧军队改造成党掌握下的新军队，目前全军在山东莒县休整。

郝鹏举带着传单来到司令部，见到陈毅，试探说："目前我军是否放弃了淮北等众多地方？"

陈毅说："是啊，主动放弃这些城市，是我军的战略部署。"

郝鹏举心里想：说得好听，其实是被迫放弃吧。这下筹饷筹粮都成了问题，共产党大势已去，跟着共军混，看来没啥"钱"途。

想到这里，他说："陈司令，咱们延安报纸说消灭这么多敌人，俘虏这么多军长、师长和旅长，这是战役、战斗上的胜利。可是蒋介石已占领我们 200 多座城市，这可是战略上的胜利啊！"

陈毅一愣，明白对方心中胆怯，安慰说："你不能把占据地盘的多少来作为判断战略目的是否成功的唯一标准。这么多的军长、师长被抓走了，不会与战略无关，世界上没有这种战略。你放心，用不了多久，我们失去的 200 多座城市就能收复。"

郝鹏举虽然心里不信，但没有在脸上表现出来，而是笑着说："陈司令所言极是。"

1947 年 1 月 16 日，郝鹏举在薛岳的诱惑下，起义整一年后公然叛变，重新投靠蒋介石。在此之前，他曾邀请陈毅前去视察驻军，想要诱捕陈毅作为自己的"投名状"。陈毅觉得蹊跷，没有前往。郝鹏举就将驻在军内的党代表朱克靖等人逮捕并杀害。

蒋介石只是给郝鹏举下了一个鲁南"绥靖区"司令官兼第 42 集团军总司令的空头任命，粮食物资什么也没给补充，更不要说薛岳许下的众多好处了。军令既下，郝鹏举只好率部渡过沂水，驻在白塔埠等地。

在蒋军向临沂大举进攻的关键时间点上，一个投诚到我方的国民党军将领再次倒戈，给临沂根据地蒙上了一层浓重的阴影。

陈毅笑谈"二陈决战"

1 月下旬的这一天，天空清朗明净，是个难得的好天气。阳光照在临沂西南向城镇一片茂密的柏树林，枝枝叶叶在土黄色的野外显得格外精神。林荫深处已摆好一张结实的方桌，桌边有一板凳，桌上放着一把座椅，这就是大会讲台和报告人席位。

远远地，当日的值星官李友清看见第 1 纵队司令员叶飞陪着两位首长向柏树林走来。他定睛看去，两位首长都穿着半旧的军装，腰间斜挎着一把手枪，小腿打着绑腿，脚上是沂蒙山区老百姓特有的翘鼻子"铲鞋"。二人不同的是，一个天庭饱满，面容端庄，眼神坦荡明净，另一个个子不高，面容消瘦，眉弓隆起，目光极为深邃。他听见有人高兴地喊："陈军长来了！粟司令来了！"

李友清这才反应过来，左边这个是陈毅司令，大家习惯性地称呼他陈军长，右边的就是粟裕司令了。他立刻洪声喊道："全体起立，立正！"

陈毅大踏步走到方桌前，向大家回敬军礼，随后又向大家拱手抱拳，说："我陈毅今天来第1纵队，先向大家拜个年！"

刚说完，整个会场就沸腾起来。原来，1月22日是农历的大年初一，只是现在敌军压境，在紧张的氛围下，打仗的事把过春节的氛围冲淡了，有的战士甚至都忘了。两位司令员一见面就向大家拜年，一下子，整个柏树林响起了欢声笑语。

陈毅向大家侃侃而谈。他说，前两天，总部在前河湾村召集师以上干部举行了鲁南会议，给大家分析有关战争形势，指出了当前的重要任务。他从国际形势和国内形势讲起，分析了蒋介石全面进攻解放区和山东战场的敌我态势。他说：

"按照党中央毛主席的指示，我们山东野战军和华中野战军会合成立华东野战军，立刻取得了宿北、鲁南战役胜利的成绩。这说明什么？力量整合了，领导统一了，我们就能打赢大规模的歼灭战！

"毛主席告诉我们，要以歼灭敌人有生力量为主要目标，不以保守或夺取地方为主要目标。过去，我军的任务是独立坚持，现在是以运动战为主，辅以必要的游击战、阵地战。

"打运动战好比耍龙灯，耍过来，耍过去，一会儿东，一会儿西。我们敢于大踏步前进，也敢于大踏步后退，不怕丢掉一些地方，不怕打烂坛坛罐罐。让敌人晕头转向，叫敌人听我们指挥，最后把敌人'吃'掉！"

陈毅浓重、清晰的四川乡音，明确有力的生动语言，不时激起全场的笑声和掌声。

陈毅又说道："陈诚在徐州公开宣布，他要在临沂同我陈毅进行决战。既然他如此看得起我，盛情难却呀！我只好认真奉陪，来个'二陈决战'！你们看，这个决战该不该打？"

柏树林里又爆发出持久的掌声和由衷的笑声。

"打，一定要打！陈诚只要敢来，我们一定用地雷好好招待他！"

"我们一纵（即第1纵队）先预定入场券，陈诚的部队是我们碗里的菜啦！"

"'二陈'决战，陈毅必胜！"

不知是谁起了头，《决胜之歌》的旋律响起来了，这是陈毅作词的战歌。

李友清和大家一起，激动地唱了起来：

同志们，战斗吧！自卫战争决胜的时刻来到了，把华东变成蒋军的坟墓！让敌人的进攻，像蒙山的雪、沂河的水，迎风消解，化为尘土！让我们以空前的歼灭战，欢庆胜利的新春，向着即将诞生的新中国，红旗报捷，狂歌献舞！

在一旁用力鼓掌的粟裕，开心地笑着，陷入与陈毅并肩战斗往事的回忆中……

黄金搭档

1927年10月，在南昌起义后撤退的人流中，时年20岁的警卫班班长粟裕遇到了比他年长6岁的团指导员陈毅，二人从此开始了跨越半个世纪的交往。

抗战期间，陈毅担任新四军江南指挥部的总指挥，粟裕任副总指挥。陈毅主要负责全面工作，粟裕负责军事指挥。1940年的黄桥战役是以少打多的经典一战，7000战3万，大败韩德勤，歼敌1.1万，新四军由此在华中建立了最大的根据地。陈毅见识到了粟裕的指挥能力，还曾为粟裕写了一副对联——"轻裘缓带羊叔子，食少事繁诸葛公"，贴在粟裕的宿舍，将其比为魏晋时期名将羊祜、三国时期蜀国丞相诸葛亮。

国共和谈全面破裂后，国民党军大举进攻解放区。这时，两人分别统帅山东野战军和华中野战军。粟裕率华中野战军主力在苏中七战七捷，而陈毅在淮北多次受挫，进攻泗县失败，这让陈毅再度见识了粟裕的军事指挥造诣。

1946 年 10 月，中央军委决定，将山东野战军和华中野战军合并为华东野战军，并将华野的领导权交给了陈毅，而将战役指挥权交给了粟裕。在司令员还在位的情况下，将指挥权交给副司令员是解放军历史上前所未有的。

陈毅对此十分欣慰。陈、粟二人各有特点，陈毅高瞻远瞩，掌握全局；粟裕多谋善断，善打必胜。在多年的合作中，陈毅主掌全局，深知粟裕大兵团作战时指挥能力高超，战场指挥便放手交给粟裕。陈毅经常对下属说："粟裕司令的意见，就是我的意见，你们坚决照办。"两人成为不亚于"朱毛""刘邓"式的"陈粟"黄金组合，从此逐鹿中原，驰骋大江南北，攻无不克，战无不胜。

华中野战军诸位将领对粟裕早已拜服，但对山东野战军诸将来说，粟裕的资历尚浅，再加上长期打游击战的山东诸军还不适应大兵团在战略机动中抓住战机歼灭敌人的先进战术，心中有些抵触。

为此，陈毅召集山东野战军诸将开了一个小会。他让许世友、陈士榘、王建安等司令员和参谋长传看了苏中战役战绩和战役期间中共中央军事委员会主席毛泽东与粟裕之间的电报往来档案。

陈毅说："粟司令在苏中七战七捷，以伤亡 1.6 万的代价歼敌 5.3 万人。在一场连毛主席最初都感到希望渺茫的战役中打出这样的气势，你们有谁能做到？更何况还是在敌众我寡、敌强我弱的局面下。连毛主席都看重且支持粟司令的指挥能力，你们还有什么好怀疑的！"

山东诸将都若有所思。他们知道，古往今来，真正的名将不仅能在战场上克敌制胜，更重要的是在面对强敌和不利于自己的困境时，有以寡敌众、以弱击强、力挽狂澜、改变战局的决心和能力，这才是战争的中流砥柱，这才是现在山东战局所需要的军中统帅。

如果说苏中七战是粟裕的成名之战，那么宿北战役和鲁南战役就是粟裕铸就华野威名的奠基之战。这两场战役让山东诸将对粟裕心服口服。

1947 年 1 月，鲁南战役胜利后，华东野战军正式合并成军，新四军军部改为华东军区。陈毅任华东军区司令员、华东野战军司令员兼政委，粟裕任华东野战军副司令员，谭震林任副政委。华东野战军编为 11 个纵队（第 1 至第 12 纵队，不设第 5 纵队），一个特种兵纵队，以及从中原胜利突围到达的华东独立师，共 34 个旅，总兵力约 27 万人，完成了决战前的军事准备。

1 月 31 日，临沂郯城、新安镇一线，国民党军队的炮声和飞机的轰炸声越来越近了……

二 南征北战，
陈毅智设"空城计"

敌军逼近

郯城在临沂市南，地处鲁苏两省交界处，为山东南大门、齐鲁之通衢，是齐鲁大地与江淮地区的交通要道，鲁南"咽喉"之地。这里位于淮河平原地区，地势低平，境内有马陵山绵延东境，沂河、沭河贯穿南北，形成大面积的冲积平原，素有"鲁南粮仓"之称。

此时的国民党军整编第 19 军军长欧震，坐在吉普车里，看着麾下各部队缓缓向前，很有意气风发之感。欧震是广东曲江人，受孙中山革命思想感召，投笔从戎，在粤军担任排长；大革命时在粤军讲武堂毕业后任叶挺独立团营长，曾参加南昌起义，随起义队伍南下，阵前倒戈，投靠国民党军，使南下潮汕的南昌起义部队遭受重创。抗战时多次参加对日作战，战斗经验丰富，也算是一员骁将了。

欧震回想起薛岳对他的叮嘱：逼着共军打消耗战，这是上策。于是，欧震决定，一定不能让华野军发挥其惯用的游击战和运动战优势。为此，他下了严令，各部务必保持紧密联系，一线平推，互相配合，形成一道铁板，让共军无隙可钻。

2月3日，战幕在郯城和码头一带拉开。第3纵队在司令员何以祥的带领下，在沂河、沭河之间，依托有利地形，构筑阵地，抗击中路的敌人，诱使左右两路敌人突出，而其他纵队则在一旁等待，伺机而动。

华野侦察科科长严振衡与几位同志隐蔽在不起眼的山地里观察着。天空中灰暗的云丛，缓缓地从南向北移行。阳光暗淡，天气阴冷，给人一种荒凉寥落的感觉。枯黄色的田野，寂寞地延伸着，一些尚未收割的高粱秆、豆秸默默地蹲伏在那里。

随着由小变大的轰鸣声，天空中一批一批的飞机从远到近，在郯城上空盘旋。紧接着，一连串黑色的炸弹不断地向田野、村镇、山头和树林落下。烟柱一根接一根地从地面上升起，卷带着四处飞溅的砂石泥土。紧接着是敌人阵地上的炮轰，炮弹呼啸着倾泻下来，每一发炮弹的落地都让地面颤动起来，田野坑洼遍地，伤痕累累。

炮火过后，敌人向华野3纵阵地发起了进攻。1连阵地依沂河河岸而建，三道环形防御工事纵向展开。当敌人想要蹚过河水展开冲锋时，第一道环形阵地上的轻、重机枪喷射出愤怒的火焰，敌人顿时如稻谷般成片倒在河岸上，其余士兵则纷纷卧倒，寻找有利地形对射起来。

当夜幕降临的时候，敌人的第六次进攻又被打退。作为预备队

的 22 团 1 营 3 连已经替代 1 连守在第三道防线上，且在后方又构筑了两道防线，战士们趁着作战的间隙，包扎伤口、收集弹药、检查器械。

当严振衡回到华野司令部汇报敌情时，陈毅、粟裕和谭震林等人正在讨论战况。

谭震林说："敌人变得狡猾和谨慎了，中路的李天霞被我军阻击，左右两路居然也停下不走了。"

陈毅不屑地笑了一声，说："看样子是被我们打怕了，不敢再分兵冒进了。"

粟裕看着地图，皱起眉头说："他们合在一起，步步为营，互相照应，防卫十分严密，我军无法捕捉到有利战机，难以集中优势兵力攻其一路。"

2 月 3 日，当 3 纵正面抗击中路之敌的时候，李仙洲带领第 73、第 46、第 12 军三个军，由胶济线明水、博山大胆南下，2 月 4 日占领莱芜，继续南赴新泰，进窥蒙阴，严重威胁华野后方基地。如果华野在山东境内没有一个后方，那么，给养弹药的供应和伤兵医院的安置，都将岌岌可危。

对华野来说，目前的局面变得扑朔迷离：南线的战局陷入胶着状态，欧震三路大军逼近临沂，一旦被其拖入消耗战，北线的李仙洲三个师必将夹击蒙阴和临沂，那时，腹背受敌，华野将危矣！

明修栈道，暗渡陈仓

北方的 2 月正是天寒地冻的时节，但临沂城里却是一派热火朝天。一队队解放军战士在操场上练习刺杀，喊声震天。战士们身穿单衣，鼻尖呼出了白汽，整个训练场上气氛热烈。城镇里，商贩吆喝着招揽买卖，不时有巡逻队经过，和老乡们打着招呼，又转向另一条街道。

2 月 4 日，前河湾村。

华野司令部的气氛有些凝重，粟裕站在一张巨型军事地图前沉思，眉头紧紧地皱着，地图上代表着敌我双方的红蓝箭头交错着。陈毅则在司令部的另一头摆开了棋局，棋枰上，黑白双方互相缠斗，杀得难分难解。

谭震林沉思良久，将一颗白子放在左上角。陈毅愣了一下，手指间拈着一颗黑子，却迟迟未能放下。

谭震林瞅着沉思的陈毅笑道："怎么样？发现不对劲了吧？我这个叫'明修栈道，暗度陈仓'。知道章邯怎么败的吗？韩信示形于外，暗地里派主力抄小路攻下咸阳……"

正在沉思的陈毅忽然把棋子放回铁皮棋盒，感慨道："古人智慧无穷，值得今人借鉴啊！"

粟裕闻声，回头看了他们一眼，说："韩信有着稳固的汉中大后方，可是敌人现在要在我们的大后方和根据地跟我们打消耗，逼我们决战。"

众人默然无语。

一声"报告"打破了司令部的沉默，译电员走了进来："中央军委的电报。"

粟裕展开电报纸："……敌愈深入愈好，我愈打得迟愈好；只要你们不求急效，并准备于必要时放弃临沂，则此次我必能胜利。目前敌人策略是诱我早日出击，将我扭打消耗后再稳固地进占临沂，你们切不可上当……"

陈毅的眼睛亮了，放下烟袋，说："中央军委英明啊，必要时可以放弃临沂，我们不用背包袱了。敌人的阳谋无效了，这下我们可运用的战术就多喽。"

"现在欧震集团实行梳篦战术，将重兵密集到一起，咱们多次调动，却难以拉开敌军空当，不利于运动歼敌。现在李仙洲集团孤军深入莱芜地区，对我鲁中根据地威胁极大。我们不如效仿一下当年韩信的做法，来个'明修栈道，暗度陈仓'，主力北上，以绝对优势兵力把李仙洲集团吃掉。"

"好！"粟裕在一旁击掌，深表赞同。他快速走回地图前，指着地图分析起来："和南线的欧震集团相比，北线的李仙洲集团兵力少，只有不到 7 万人，三个整编师只有一个算是精锐，战斗力相对来说比较弱，况且还孤军深入。李仙洲也算是抗日名将，但他这个名将多少有点水分，在军事指挥上不够格。而且，他没有和我们华东野战军打过仗，对我们的打法不熟，不像欧震集团那么小心。如果我们的主力运动到鲁中地区，兵力上占优势，那么我们完全有把握歼灭他们。"

停顿了一下后，粟裕指着地图上的铁路线，继续说："即使我们不能完全歼灭这股敌人，也可以趁机打破胶济线对临沂根据地的分割，打通渤海、胶东和鲁中的联系，进而图谋南下出击，向津浦线和中原发展，和刘邓大军会合。"

谭震林不禁鼓掌，但仍心有疑虑，说："出奇制胜，我赞同！不过，如果主力北上，临沂怎么办？虽然军委同意我们放弃临沂，但它毕竟是山东革命根据地首府，放弃后恐怕军心和民心都会受到影响。"

粟裕点点头，思忖片刻后说："你的考虑是有道理的。虽然我们放弃了临沂，但在这之前要把根据地的一切都带走，包括老百姓，给敌人一座空城。用不了多久，临沂还会回到我们的手中。"

陈毅补充道："我们力争在南线打上几个胜仗，威慑一下欧震集团，让他不敢速进，同时也可以像韩信一样，示形于外，隐蔽我们主力北上的意图。"

粟裕说："好，我们召开一下军事会议，制定'明修栈道，暗度陈仓'的具体作战方案，报告中央军委批准。"

陈毅回头指着尚未下完的棋盘，对谭震林说："这一局，我必须认输喽！"

司令部里顿时响起一片欢快的笑声。

连环三计

王家坪位于延安城西北方向，隔延河与城相望，依山傍水，是一个安静优美的地方。中共中央军事委员会就设置在这里的一栋普通的土木石结构平房里，约有两个开间，除了桌子和几把椅子，几乎没有什么像样的家具。

此时，解放军总司令朱德看着电报，微笑着说："陈、粟'舍南就北'的想法很不错嘛！"

毛主席赞许道："他们考虑得很周密。一共三套方案，北征只是其中的一套，这可比上次他们报过来的三套方案务实多了。大家一起看看——"

"第一套方案：以韦国清纵队进攻白塔埠附近，威胁海州，吸引整编第 25 师东援，或第 74 师、第 83 师、第 11 师等部之北进，而后集全力首先歼灭其中好打的一路。

"第二套方案：若执行第一方案仍未能吸引敌人前进，则除了派一个纵队驻临沂以南监视敌人外，主力均应集结至临沂以北地区休整，待敌北进，再寻歼灭机会。

"第三套方案：若南线敌仍不北进，或北进时不便歼灭，则除了留一个纵队与敌纠缠外，其余主力急行军北上，彻底解决北线敌人。"

西北野战军司令员彭德怀说："我看陈、粟很倾向于第三套方案呢！他们自己说了，如果执行第三套方案，至少可以彻底解决北线敌人，利于我今后作战。"

毛主席微微点头："看来大家都比较认同第三套方案。还可以补充一下，让华野先原地休整十天左右，对外要装作在南线决战的样子，等到敌人的 12 军占领莱芜，73 军及 46 军占领新泰、博山一线，然后秘密集中我方全部军力，歼灭这三支部队。"

"好！"朱德击掌赞叹道，"歼灭这三支部队后，再攻占胶济全线，时间大约一个半月。这个时候南面之敌必已深入临沂以北的山地，我们可以全军回击，大批歼敌。"

叶剑英说："告诉粟裕，在战术安排上，一定要先打弱敌，后打强敌，力争主动，避免被动。每次歼敌 3 个旅，不要超过 4 个，一来速胜，二来手中留有未使用的大量兵力，可以接着打第二仗。"

毛主席招呼一声："拟电文。完全同意五日十五时电第三方案，这可使我完全立于主动地位，使蒋介石完全陷于被动。"

就在向中央军委呈报华野作战方案时，陈毅得知了朱克靖遇难的消息，十分愤怒。

谭震林说："郝鹏举此人是个道德败坏、反复无常的阴险小人。早年在冯玉祥的西北军当兵，大革命时期曾与萧劲光、朱克靖一起在苏联莫斯科炮校学习，抗战时投了汪精卫和日本鬼子，成了伪军。抗战胜利后，又投靠蒋介石。去年 1 月 9 日，他又率部起义。这都是他惯常的投机手段。前几天他又叛变投了蒋介石，还杀了我们派驻的军代表十几人，其中包括朱克靖同志。"

陈毅恨道："这个汉奸！他叛变前几天来找我，还想要我去视察，其心可诛！朱克靖同志是代我受害啊。真卑鄙！"

粟裕指着地图说："对这种败类，咱们应该狠狠打击！你看，郝鹏举部4个师一万余人，在敌之南线右路军侧翼，总部和第4师驻扎在白塔埠。咱们若能消灭掉他，一方面可歼灭敌人有生力量，为朱克靖同志报仇；另一方面趁机围点打援，调动新安镇的敌人东援，寻找破敌机会。"

陈毅当即点头赞同。

2月6日晚，第2纵队司令员韦国清发布讨伐郝鹏举作战方案：第2纵队连夜渡过沭河急进，由第4师和第6师分两个方向进攻白塔埠并堵截溃逃之敌，第5师则向白塔埠进击，阻止国民党连云港、海州方向之敌东援，保障第4师、第6师战斗的顺利进行。7日下午，这场战斗就胜利了，我军生俘郝鹏举及赵建勋、黄再兴等国民党将官10人。

郝鹏举被押到华野司令部，一见到陈毅，立即跪下磕头，哀求饶命。陈毅痛斥一番后，写下脍炙人口的《示郝鹏举》：

教尔作人不作人，教尔不苟竟狗苟。
而今俯首尔就擒，仍自教尔分人狗。

郝鹏举在被押送至后方的路上想要趁机逃跑，被押送战士击毙，结束了他投机钻营的罪恶一生。

但是，陈毅和粟裕却又一次失望了，因为欧震的三路北进大军对郝鹏举部的被歼无动于衷，仍然坚持原有的密集队形向北平行推进。

"调虎离山"之计没有成功，粟裕准备围点打援的第3纵队、第4纵队没有派上用场，战局仍旧处于胶着状态。陈毅和粟裕不禁佩服毛主席的精准眼光，只有第三方案是打开当前局面真正的钥匙。想到这里，陈、粟决定执行经毛主席批准的第三套方案。

雪夜北上

徐州"绥靖"公署。

时间回拨到2月7日凌晨。陈诚放下电话，对坐在对面的薛岳说："伯陵兄，共军突然出现在白塔埠，至少有三个师的主力围攻42集团军，共军这是何意？"

薛岳反问道："你不打算救42军了？"

陈诚说："郝鹏举就是个叛徒、奸臣，今天救了他，改天他又投降共军，到时从后面捅我们一刀。现在党国正在与共军决战，就发挥一下他的剩余价值吧。"

薛岳点点头："这样也好。共军被我军持续压缩，此次偷袭白塔埠，恐怕是被逼无奈，开始反击了。"

参谋人员将标记着第2纵队第4师、第5师、第6师的小红旗插在地图上。

陈诚指着地图说："白塔埠在阿湖东南，与共军第 2 纵队成掎角之势，我军恐有危险。"

薛岳也点头："共军这是打算行'围魏救赵'之计，白塔埠我们没有上当，要是从我三路大军外围以优势兵力攻击黄百韬那边，就打乱了我们的战略步骤了！"

陈诚对一旁的作战参谋道："电令黄百韬，命 25 师、65 师自郯城撤向桃林及其东南地区，与中路军和左路军保持紧密阵形，一体推进，各军不得擅自突出！"

作战参谋领命退下。

薛岳在一旁说："我觉得，陈毅和粟裕沉不住气了。下一步，我们目标不变，要在临沂和共军决战，毕其功于一役！"

两人得意地大笑起来。

在华东野战军指挥部作战室里，参谋人员忙碌的身影、滴滴答答的发报声渲染着紧张的氛围。满墙的军用地图上，插着众多红蓝两色的小旗，画有各种标记，显示出错综复杂的敌我军事态势。粟裕不时在地图前仔细察看，凝神沉思。

在敌军南北两线同时对进的危急情况下，组织实施北上歼敌成为我军当前破局的关键。首先，各路纵队北上的时间和路线，由北线敌军的准确位置和动向决定；其次，我军主动放弃临沂的时间应该是我军主力到达北线抓住李仙洲集团之时，不能太早，防止南线敌军尾随追击，腹背受敌，也不能太晚，晚则阻击部队牺牲过大；还有，随军的成千成万吨粮食、弹药、作战物资等必须同时北移，60 多万支前民工也要掉头向北；最重要的是，要制造错觉，隐蔽我军北上行动，让敌人以为我军主力在临沂或正向西逃跑，而后迅速包围李仙洲集团军……

华东野战军指挥部下达了我军主力急速北上的行军命令。2 月 10 日晚，大军由临沂地区分三路兼程隐蔽北上。左路，第 1 纵队、第 6 纵队直插莱芜西南羊流店地区；中路，第 4 纵队直插蒙阴地区；右路，第 7 纵队直插蒙阴以东蔡庄、上温地区，第 8 纵队直插莱芜东南张庄地区。几路的行程都在 184 公里左右。在胶东整编的第 9 纵队和渤海的第 10 纵队同时也向莱芜地区开进。各部队于 2 月 16 日到达指定地区，构成对李仙洲集团的包围态势。主力北上后，要严密封锁消息，留下第 3 纵队和第 2 纵队由华野参谋长陈士榘指挥，阻击和钳制南线敌人。

正是深冬时节，鲁中大山里纷纷扬扬地飘着雪花。十几万华野将士向北方进发，他们分为三路大军在崎岖的山道上奔跑，仿佛三条奔腾的长河。而他们的两侧和身后是更为壮观的滚滚洪流：无数贫苦农民推着独轮车、挑着担子，不知疲倦地跟随大军前进。

叶飞带着第 1 纵队兼程北上，赶着在 6 个日夜的时间内进入指定区域。惠民庄、费县、铜石、平邑……一个个乡镇留在他们身后，临沂越来越远。

部队突然北上，没有任何思想准备。看着临沂这个战略要地消失

在身后，许多战士情绪上开始波动。

"我们要舍弃临沂吗？那可是我们流血牺牲换来的根据地啊！"

"保卫临沂，我们上哪儿去保卫？"

"说好了要'二陈决战'，敌人重兵在南边，我们却一个劲向北走，上哪儿去决战？"

针对这个情况，叶飞在行军的间隙召开了会议，对干部、党员、骨干、群众，层层传达了中央军委北上作战的决心，反复说明放弃临沂、先打北线敌人的目的和意义，结合任务深入地进行了一次运动战的思想教育。大家心里逐渐亮堂了，各师、团纷纷提出生动有力的鼓动口号：

"不怕打烂坛坛罐罐，不计一城一地得失，要敢于大踏步地退。"

"陈军长说过了，打运动战好比耍龙灯，这回耍得远，好戏在后头！"

"古代兵书上说'声东击西'，我们也来个'声南击北'。"

"拉起两条飞毛腿，哪里能消灭敌人往哪里开！"

"敌人搞我们的陇海线，我们搞敌人的胶济线，打了胶济线，再打陇海线，坚决打赢'二陈决战'！"

同一时间，第6纵队司令员王必成带着第6纵队穿越蒙山山区，向羊流店进发。龟蒙山区正是冰天雪地，战士们大多是南方人，对北方的气候还未适应。大家冒严寒，踏冰雪，饿了吃煎饼，渴了饮雪水，夜行晓宿，连续急行军。许多战士脚底磨起了血泡，却幽默地说："沂蒙山区有'72 崮'，我们脚底也有'72 崮'。"这种以苦为乐、勇往直前的革命浪漫主义精神支撑着战士们一往无前。

10 万大军挥师北去，60 万支前民工跟着掉头向北。华野大军经过的村镇，都能看到男女老少齐上阵，碾米磨面，做军鞋，摊煎饼，还把自己舍不得吃的鸡蛋送到战士手中。武工队和民兵小分队活跃在山区、村镇和交通线上，儿童团手拿红缨枪，站岗查路，封锁消息。指战员们看到这一幕，感受到老百姓的深情厚谊，更增打败敌人的信心。

在一个小村庄，叶飞看到了让他铭记终生的一幕。村里许多群众正在揭自家房顶的草，拆除整间草房，然后把好草理出来打包。叶飞上前一问才明白，原来，沂蒙山区大多是石头山，本来草就少，又逢冰雪时节，马草没有着落。马走不了，重武器、弹药就无法搬运，严重影响华野部队执行战斗任务。老百姓听说后，纷纷破家弄草。

叶飞心里一沉。刚刚下过雪，一家男女老少往哪里安身呀？他上前劝阻，一个大娘回答："不碍事，等你们打了胜仗，俺再盖新的！"

多么朴实的语言，多么可敬的沂蒙山人！他们凭借艰苦卓绝的行动，靠人挑、畜驮、小车推，把集中在临沂地区的上亿斤粮食和作战物资，奇迹般地迅速转送到莱芜前线，保障了前线的各项急需。

叶飞的眼中盈满了泪水。

三　巧惑宿敌，
　司令部也玩"三国杀"

夹缝中的李仙洲

1945 年 12 月，在蒋介石的威逼利诱下，国民党将官王耀武来到山东，他做了两件事：一是成立山东省党政军统一指挥部，统一山东的国民党军队、党部、政府的事权，短短几个月，日伪势力、土匪、地方武装鱼龙混杂的局面，便得到了形式上的统一；二是打通了胶济线，将沂蒙解放区一分为二。这让蒋介石十分满意。1946 年 10 月，蒋介石正式任命王耀武为山东省政府主席。王耀武也是黄埔军校的毕业生中第一位当上省主席的。

蒋介石"护犊子"，这是王耀武愿意出任第二"绥靖区"公署主任一职，为蒋介石卖命的重要原因。但与人称"小委员长"的陈诚相比，王耀武还是差点儿意思。

陈诚为讨蒋介石的欢心，制定了"鲁南会战"计划。王耀武对此很是看不上，觉得陈诚只是自我感觉良好。陈诚急功近利，想要在

15 天之内消灭华野，便要求王耀武派兵从胶济线北进。王耀武与我军交过手，觉得我军放弃苏北撤回临沂，肯定有伺机反攻的打算，便劝告陈诚："陈、粟撤退临沂，未必是遭受极大损失，极有可能是在设圈套，况且我北线兵力毫无优势，若冒险南下，可能会遭到埋伏。"

陈诚感觉优势在手，不听劝告。王耀武无奈，只想应付一下，便派出霍守义的 12 军南下。12 军原来属于东北军派系，知道这是拿自己当炮灰，走到口镇以南孝义集就不动了，还捏造了莱芜县城以南和以东地区有解放军两个师活动的假情报为自己开脱。

看到王耀武对自己这个总参谋长这么不当回事，陈诚怒了，立即来电质问。王耀武解释道："我手头的部队本来就不多，守济南、青岛，看住胶济线和津浦线已经够困难了。南进孤军深入，补给线长，危险性大。主力部队抽调南下，淄博和胶济线的安全无法确保。"

说实话，陈诚心里知道王耀武是对的。有王耀武集团军和津浦、胶济两线在，沂蒙解放区始终受东、西两面的威胁。南线的欧震集团军持续进攻，华野将面临丢失临沂和沂蒙山根据地的危险，但这需要时间。蒋介石确定围攻陕北和山东两大根据地以来，国民党军太需要一场大胜鼓舞士气了。

陈诚一怒之下，搬出了"老头子"。蒋介石给王耀武打电话，让他立刻配合陈诚的鲁南计划，出兵南下。

虽然领了出兵的任务，但因为南下莱芜的行军路线有分歧，王耀武和陈诚又一次针锋相对。

　　山东从西向东分别有泰山、鲁山、沂山、蒙山和尼山五座山脉，合称为泰沂山脉，共同组成了山东的脊梁。若是从济青线向南进攻的话，自古以来便有三条经典路线：一是由临朐向南出穆陵关，遥控沂蒙山区；二是由泰山、徂徕山一线南进，进攻济宁、兖州一线；三是由济南南下莱芜，直入新泰。陈诚认为从第三条捷径奔袭鲁南，可以快速实现南北合围计划。莱芜、蒙阴一带是国民党后方基地，兵出吐丝口镇，可从后方袭击共军。王耀武则认为，这条路山多，地势复杂，利于敌人设伏，不利于机械化兵团展开，要求另选路线。但陈诚根本不买账，再次向蒋介石告状。蒋介石也生气了，狠狠地训了王耀武一顿，命令他必须配合。

　　王耀武深知此行危险，无奈之下，便以坐镇济南为由，派副司令李仙洲统帅 12 军，并韩浚的 73 军以及韩练成的 46 军前往作战。

　　对李仙洲来说，他绝没有想到历史会把自己推到台前。国民党方面主力原本是欧震的三路大军，华野的目标也不是他的 12 军。李仙洲本人能力平平，作为黄埔一期生的老大哥，却在王耀武手下当差，手中没有自己的部队。12 军是东北军，73 军是王耀武的班底，46 军是桂系，都只是表面上听从他的命令。莱芜战役让一个毫无心理准备的配角走到台前，只能说，老天爷在这儿跟国民党开了一个玩笑。

　　国民党军的原计划是 12 军前出新泰，但霍守义听到"诱敌来攻"四字直接抗命。李仙洲奈何不得，只好让韩练成的 46 军替代 12 军南下。当然，韩练成也有自己的小算盘。

大战还没开始，国民党北路集团军就出现这么多的内斗，已经预示了战役的走向。

2月4日，李仙洲带73军进入莱芜；次日，46军进入新泰，一路未遇抵抗。这本是件好事，然而李仙洲却开心不起来，他发现自己面对的不仅是共军，还有一种让他莫名恐惧的力量。

在莱芜外围的一个村庄，73军派出筹粮队，进入老百姓家强行购粮。一位老太太不肯卖玉米，士兵恼怒之下动手强抢，老人反抗时被士兵枪杀了。

在靠近公路的矿山、口镇、雪野、苗山、常庄、颜庄等地，在国民党军队可能经过的每一个路口处、炉灶下、厕所内，到处是地雷，几乎到了"村村埋雷，遍地是雷，动辄响雷"的程度。有一个民兵爆破手左太传，外号"左阎王"，动辄就让国民党军陷入爆炸火海，令国民党军人心惶惶。

还有，武工队神出鬼没，积极开展交通战、游击战，破袭公路，阻碍前进；道路早就被破坏了，老百姓却仍坚壁清野，几乎没有粮食，三个军相互之间也难以协调，不得不派两个师专门负责补给……本来兵贵神速，如果李仙洲早日冲向蒙阴地区，局面将会大不相同，但漫长的补给线将这一切都改变了。

相对于南线欧震集团军的密集式行军，北线三个军拉出了一字长蛇阵，只是这条长蛇首尾无法呼应，若遇到攻击，很是危险。李仙洲当然明白这一点，行军路上就开始瞻前顾后，犹豫不定，却没有意识到自己又犯了另一条兵家大忌。

粟裕巧计惑敌

蒙阴县野店，华东野战军临时指挥部。

粟裕看着一队队的机关人员正在整队出发，他们的目标是北线王耀武所辖的李仙洲集团。对于此时的粟裕来说，王耀武是绝对不能掉以轻心的对手。他陷入了对往事的回忆之中……

王耀武是山东泰安人，抗日名将，黄埔军校三期学生。1932年第四次反"围剿"后，王耀武任补充1旅旅长。粟裕跟随方志敏，时任红10军团参谋长。在谭家桥战役中，两军打成遭遇战，红军大损，第19师师长寻淮洲伤重身亡。红10军团最终在怀玉山区陷入重围，几乎全军覆没，方志敏、刘畴西被俘后坚贞不屈壮烈牺牲。粟裕带领400多人突围后，在闽浙边区坚持了3年无比艰辛的游击战。

沉浸在回忆中的粟裕心中满是坚定和自信。山不转水转，现在，上天给了他一个洗刷耻辱的机会，他与王耀武又在山东这块土地上持戈相对，还要再加上一个国民党军总参谋长陈诚。有所不同的是，当年谭家桥战役时，粟裕不是军事主官，左右不了战斗的进程，如今他手握华东野战军劲旅，相信一定会打败王耀武和陈诚，驱散心头这困扰了他多年的阴影。

一声"报告"打断了粟裕的沉思，抬头一看，鲁中军区第二军分区司令员封振武来到了自己跟前。他不由得笑了。

前几天，封振武按照野司（即华野司令部）安排，率领军分区三个团沿着新泰到泰安的公路向西运动，经过羊流店、徂徕山，昼夜不停地前进。白天行军时还打着华野主力的旗号，一路上声势浩大，三个团四五千人走出了好几万人的动静，惹得敌军飞机多次前来侦察和轰炸。

陈毅对封振武说："现在情况紧急，我们马上就要转移，大部队走后，这里只剩下你们二分区的队伍了。现在决定由你们分区的三个团阻击敌人，目的是叫敌人无法迅速占领蒙阴，能抗击五到七天最好。你有信心吗？"

"啊？"猝不及防之下，封振武想起自己队伍奇差的装备，有些犹豫。

粟裕把封振武带到地图前，分析敌我态势，告诉他整个战役的部署。封振武这才明白上次任务的用意。联想起他们在往泰安的公路上招摇前进时，听说另一支兄弟部队也和他们一样，白天也在公路上向兖州挺进，到达后在兖州西面的大运河上架起了浮桥，黄河渡口那儿也集聚了很多船只……司令部在下一盘多大的棋啊！自己这次阻击战成功与否关系着整个战役是否成功。

封振武再次表态，说："陈司令，粟司令，你们放心，只要我有一口气在，就不让敌人从蒙阴过去。"

粟裕笑了，随即鼓励道："过去有孙膑战庞涓，今天又有封振武

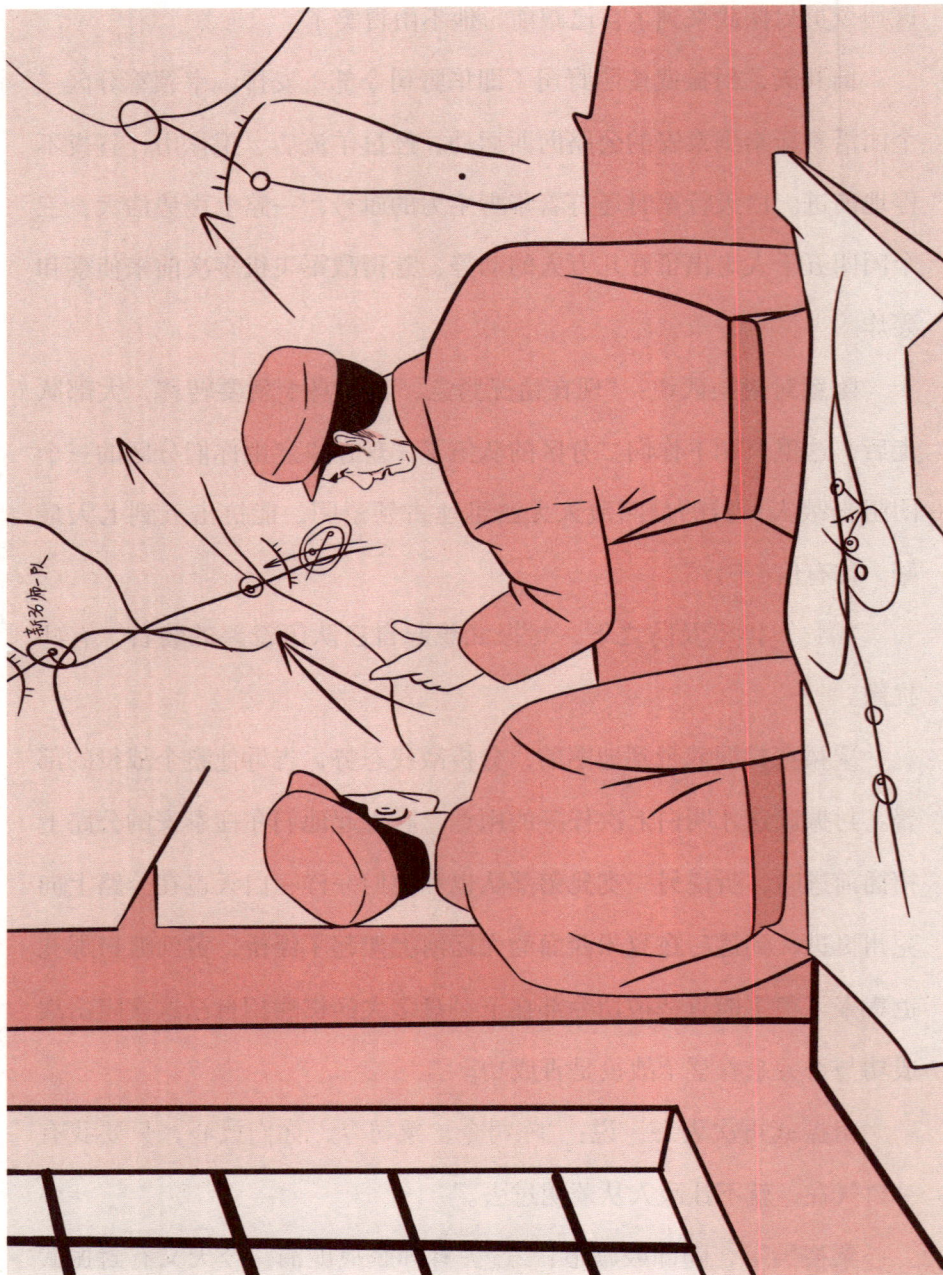

战李仙洲。"

封振武被粟裕逗笑了，想起粟裕的策略，信心大增。

此时，46军已到达莱芜的颜庄，封振武率三个团的兵力在清泥沟村一带选择有利地形打阻击。当敌人接近时，他们便集中火力突袭，待敌军遭到重创后反应过来，立刻撤出战场转移。

晚上到村子里宿营时，封振武让各团多搞一些草铺，第二天转移时让草铺原封不动摆在那里。敌人看到这些草铺数量在增加，一时摸不清我方到底有多少兵力，不敢轻举妄动，只是用重机枪和火炮虚张声势，5天只前进了30公里。

封振武成功将拥有两万之众的敌46军迟滞在颜庄。一周以来，我军部队只轻伤20余人，为主力部队调整部署赢得了宝贵时间。

与此同时，在陈士榘的指挥下，华野2纵、3纵伪装成主力部队，在临沂以南设置了三道防线，大张旗鼓地挖战壕、架桥修路、搬运粮草，制造出声势浩大的假象。特务团负责临沂城防，3纵则在司令何以祥、政委丁秋生的指挥下，在沂河以东地区，钳制中路和右路敌人，2纵钳制左路敌人，鲁南第10师担负钳制台儿庄、韩庄方向的敌人。各阻击部队遵照命令，开赴指定地区，采用截击、伏击、袭击等战法，抗击敌军，配合地方武装和群众，破坏公路，阻滞敌人，还将地方部队、地方武装和民兵结合组成精干的游击侦察队，深入敌后，扰乱、打击敌人。

欧震接到国民党军被层层阻击的报告，不但不恼火，还兴奋起来。他认为，自己已经"咬"住了华野主力。

注定的失败

2月15日早晨，在华野主力部队出发三天后，特务团按照计划，撤往临沂以北地区。国民党军整编83师师长李天霞和整编74师师长张灵甫带着部队"兵不血刃"地攻占临沂。当然，华野已经提前将后勤部门和老百姓疏散，国民党军得到的只是一座空城。

在徐州绥靖公署，陈诚正满面笑容地看着战报：

"……以稳打稳扎之势，收复郯城、码头镇、重坊等地，经半月来转战，先后收复马岭山、华埠、南头等据点，经过一番激战，于今晨十时收复临沂……累计歼敌16个旅近10万人，缴获无数……"

陈诚大喜，当即拨通电话，向蒋介石邀功："祝贺委员长，如今，我南路大军收复临沂，实为前所未有之大捷啊！"

蒋介石喜道："辞修指挥有力，功不可没啊！"

陈诚道："临沂大捷，消灭共军16个旅，陈毅所率之新四军，兵力损失三分之二，残部逃入沂蒙山中，或将越过津浦线西窜。我军需加速进军，肃清残敌。"

蒋介石说："命令第二'绥靖区'做好准备，在黄河南岸消灭陈、粟残部，以振人心。"

陈诚得意的时候，王耀武正心烦意乱。他看着《中央日报》《申报》等报纸大肆宣传国民党军歼灭16个旅的消息，不由得摇头。

国民党军队虚报战绩，是由来已久的"传统"。抗战时期，国民党高层因为多次战败，默许甚至鼓励夸大战果从而有利于宣传。国民政府军委会军令部曾通令部队，为了"国际影响、鼓舞士气、提振民心"，对于战场伤亡和毙、俘敌军可以"以一报十"。但是，因为"论功行赏"的奖励机制，各部队为了套取利益，层层加码，以至出现"神话式"的战报。面对共产党这样的对手，击败已是不易，更不要说是成建制地歼灭。

王耀武想起他曾经的手下李天霞和张灵甫，便打电话询问两人真实的战斗情况。两人支吾了半天，才告诉王耀武，在临沂地区外围发生多次战斗，但临沂是一座空城。

王耀武不由得打了个寒噤：空城？那共军的主力去哪了？真的在临沂北边吗？这时，作战部参谋报告说飞机侦察发现共军有北上的迹象。华野各路纵队分三路出发，昼伏夜出，隐蔽行军，但大规模的军事行动，的确会从多方面露出端倪。王耀武心里冒出一个可怕的念头，便立刻下令："命令李仙洲立即撤退！"

此时，粟裕通过侦察得知，敌第46军在新泰，李仙洲总部及第73军在颜庄、和庄地区，第12军的主力在莱芜、口镇，该军的新36师在蒙阴寨，当即决定首歼李仙洲的总部及73军、12军，战役预计2月18日以后发起。

再说李仙洲收到王耀武命令后，便下令全军向北收缩。16日，李仙洲总部由颜庄退到莱芜地区，第46军由新泰退至颜庄，第12军新 36 师由蒙阴寨退至口镇，该军主力退到明水。王耀武随后向蒋介石报告，共军已转到北线。

李仙洲部忽然大踏步收缩后退，打乱了华野的部署，因为此时华野尚未完成对其合围。各路纵队的将士们沉不住气了，纷纷建议："粟司令，敌人要跑，下命令打吧，肉吃不上了，喝口汤也行！"

"剧本"没有按照粟裕导演的来，对此，粟裕早有心理准备。现在主力尚未全部到达预定集结位置，不能达成合围，仓促发起战役并没有取胜的把握，并且可能将敌人吓跑。他冷静地命令各部队继续按原计划隐蔽前进。

"手中有粮，心里不慌。"在粟裕的诸多张底牌中，有华东军区政治部主任舒同提供的内线，这个神秘的卧底是李仙洲集团军中的绝对高层，如果华野战略意图实现，这个"红色卧底"将是摧毁李仙洲集团军的最后一击。2 月 10 日，在华野最终下达主力北上的命令前，这名化名"李一明"的联络人送来国民党第二"绥靖"公署众多军事部署的情报。这些情报与华野自身情报系统互相印证，成就了"知己知彼"。粟裕早已预判了战场走势，即使敌不再南来，华野待主力到齐后再突然发起攻击，至少还可以在胶济线抓住敌人。

戏剧性的"大喘气"来了。陈诚得知李仙洲部撤军的消息大为恼怒，他拿着空军的侦察报告再次向蒋介石告状。报告上说，"由新泰西南通向大汶口、泰安的道路上共军络绎不绝""共军在运河上架设浮桥，有渡河模样""共军在东阿大量调集船只，似将在东阿、范县间北渡黄河……"

陈诚又拿出南线欧震集团军层层捏造上报的"在临沂外围歼灭共军 16 个旅"的战绩，气急败坏地说："共军明明伤亡惨重，不堪再战，企图北渡黄河与共军晋冀豫鲁部队会合，怎么能够像王耀武说的那样北上呢！北边发现的部队不过是共军的残兵败将罢了！"

蒋介石深以为然，亲自给王耀武下了手谕：

"此次鲁南战役，有关国共两党之成败。如鲁南失败，山东亦不可独存。你要下定决心，顾全大局！着该司令官派一个军进驻莱芜，一个军进驻新泰诱敌来攻，勿使其继续北窜。待我守军将敌吸引住以后，再以部队迅速增援，内外夹击而歼灭之。"

手谕如同圣旨。王耀武顶不住了，只得更改前令，让陆续后撤的部队返回驻地。其时李仙洲前方指挥所与 73 军尚未出发，46 军重新占领新泰。2 月 19 日下午，前线指挥部和第 73 军转至莱芜。已经一只脚跨出包围圈的李仙洲集团军再度回到了粟裕设计的"剧本"中。

李仙洲军三次进出莱芜，打乱了正常的行军秩序，造成了混乱，使得华野主力部队神不知鬼不觉地进驻攻击位置，完成了对李仙洲部队"天罗地网"般的包围。

这时，如果把时针往后拨动 5 天，就会发现历史是如此神奇，选择了让陈诚和李仙洲做王耀武的"好搭档"，让李仙洲北线军团陷入重围，导致 73 军和 46 军彻底陷入"死地"。

李仙洲知道王耀武的命令没有陈诚的权威，就事事请示蒋介石和陈诚。等这两人同意撤退时，华野大军各就各位，把莱芜和口镇围成了铁桶，再也无法脱逃。

后人在评论莱芜战役时，做了一个假设，如果不是李仙洲而是王耀武来指挥莱芜战役，结果会怎样？

历史没有如果。但历史却用济南战役回答了这个问题。

现在，我们重新把目光转向青石关。

四　口镇远谋，
决战序幕拉开

决战"第一枪"

在起伏连绵的泰沂山脉中，齐长城蜿蜒在崇山峻岭之中，它是我国现存的有史可考的最早的长城，始建于春秋，完成于战国，迄今已有 2600 多年的历史。齐长城有三大关，即锦阳关、穆陵关、青石关。其中，青石关地势险要，地处齐国首都临淄的南大门，两侧山峰峭壁对峙，扼守着最为险要之处，有"齐鲁第一关"之盛名。随着历史的发展，青石关早就失去了军事作用，但依旧是博山到莱芜的必经之处，车水马龙，商旅往来，络绎不绝。

2 月 19 日，王耀武终于查明华野主力北移的目标是李仙洲集团军，立即令新泰、颜庄的部队连夜北撤，同时命令第 73 军 77 师迅速自张店经博山南下归建，集中兵力应对。但是，这个命令下得有点儿晚了。8 纵、9 纵和鲁中警备 5 团已经运动到位，当夜分别在青石关至北麻峪一线进入了伏击阵地。

2月20日上午11时许，国民党军77师长长的队伍出现在公路上。步兵在前，炮兵营、工兵营等居中，辎重营、卫生营及另一支步兵殿后压阵。77师是73军的王牌，经历过许多大仗，队伍中老兵较多，是一支劲旅。

但那又怎么样？8纵22师65团2营营长鹿正明，此刻正埋伏在北麻峪以南地区。他的任务是阻击77师前锋部队。战士们手里紧握着枪，眼睛紧盯着前方，一个个抑制着自己兴奋的神情，渴望着战斗的到来。

战斗原定下午3时打响，但因77师提前赶到，部队不得不调整作战计划。下午1时许，鹿正明清楚地看到敌军侦察兵经过，紧接着前卫数十名步兵排成三列纵队大摇大摆地越走越近。下一刻，鹿正明扣动了扳机，莱芜战役正式打响了第一枪。

叭的一声脆响，走在最前面的一名敌军军官一头栽倒。枪响的同时，机枪连6挺重机枪已经从大路两侧的各个制高点上猛然开火。密集的火力网下，毫无思想准备的敌军就像是被割倒的小麦成片成片地倒了下去，不到片刻工夫，就已经被撂倒了大半，只有几个士兵翻身跳到路边，凭借路边的水沟或者凸起的土坎负隅顽抗。

同一时刻，行进至普通村的敌77师大部队遭到我军9纵的袭击，一下子乱了阵脚。在司令员许世友的英明指挥下，9纵突击部队开始实施穿插分割，战场上爆炸声响成一片，77师迅速陷入混乱，被分割成好几块，各自为战。

前卫受阻后，77师师长田君健一面组织突围，命令部队发起攻击，一面令后卫团火速前进，充当师预备队，同时向莱芜城内的 73 军报告，请求增援。

在电台监听中，可以清楚地听见敌人慌乱地用明码电报向李仙洲和王耀武求援。许世友笑了：此时的李仙洲已是自顾不暇，哪有精力和部队来救援？王耀武更是远水不解近渴，就算派空军来助战，敌我双方混在一起，也无法轰炸。

此刻，77 师被压缩到玉皇顶、燕子山及附近的和庄、普通村两个村庄内，整个战场硝烟弥漫，枪声、喊杀声、爆炸声响成一片。战至午夜，9 纵攻占了和庄，77 师指挥部从和庄转移到西北的樵岭制高点，企图固守待援。

趁着夜色，8 纵 65 团 2 营下山突入普通村内，向着敌人的山炮营冲锋。突然，敌人阵地上射出一股又一股炽热翻卷的火龙。原来，对方用上了当时十分先进的美制 M2 火焰喷射器。霎时间，2 营就有 10 余名战士被烈焰烧伤，但他们不顾伤痛，继续扑向敌阵。

于是，在黑夜中的战场上出现了惊心动魄的一幕。某班副班长马汉祥等 3 名战士冒着满身的烈火，端着冲锋枪一直冲到对方指挥官面前，连声大喊："缴枪不杀！"

面对如同烈火金刚般的华野战士，10 多个敌人都吓傻了，全部乖乖地放下武器做了俘虏。

田君健再次放下电话，想起李仙洲和自己的顶头上司 73 军军长韩浚的推脱，又想起之前指挥部的通报中鲁中没有任何关于华野部队的情报，不由得大骂："我们这次作战简直是瞎子和明眼人打架！拿命来开玩笑！"

田君健率残部掉头，想要逃回博山。但是，当77师后卫一过，鲁中警备5团便占据了青石关，形成关门打狗之势，还借助险峻地形消灭了王耀武增援的特务团。田君健最终倒在青石关下，除300余人逃脱外，77师副师长许秉焕等以下士兵全部被俘。

田君健是湖南凤凰人，他统帅的77师，是以湘西人为主的"算军"，参加过淞沪会战、南京保卫战、武汉会战和长沙保卫战。对于他参加内战兵败被杀之事，他的同乡、著名作家沈从文耐人寻味地讲过这是"在极其暧昧的情形下全部覆灭"，表达了对田君健对抗红色政权、参加内战的惋惜。现在，凤凰古城东正街入口处，还有"田君健故居"。这是一座始建于清嘉庆年间的中西结合的民居建筑，奢华富丽，被列为省级文物保护单位。如果参观者了解屋主的命运，不知会发出什么样的叹息。

21日拂晓，9纵和8纵的军旗飘扬在樵岭上空。首战告捷，许世友成功切断了李仙洲集团北逃博山的退路。而另一条由吐丝口镇通往章丘明水的道路上，锦阳关之战也打响了。

夜袭锦阳关

锦阳关也是齐长城的重要关隘之一，因地处锦屏山之阳而得名。关西有断续以砖石筑成的古城墙，一人多高，历经风雨和抗日烽火，多已残颓。一旁，明水镇至莱芜县城的公路穿山而过，路两边山峰陡起，山壁险峻陡直。李仙洲命第 12 军新 36 师 107 团的一个营在此据守，企图依险防御，保证回撤路线的安全。

在 10 纵司令部，司令员宋时轮正在与政委景晓村等人召开战前会议，他说："锦阳关是国民党军北撤或南援的咽喉要道，华野首长要求我们控制这里，南堵北阻，切断敌军通向胶济铁路的道路。各部队要确保于 21 日拂晓前攻占锦阳关和大寨庄，做到首战必胜。"

2 月 20 日晚 8 时，担任主攻任务的 83 团 1 营在师政委王若杰、团长毛会义和团政委孙乐洵的带领下出发了。此时的夜空中浓云密布，朔风在山间和田野里呼啸，似刀子一般，扑面而来。在首长的鼓励下，战士们抖擞精神，情绪饱满地行进在漆黑的夜幕下。

战士杨古川是渤海人，从地方部队编入主力兵团，还是第一次打这样的大仗。跟着战友们前行，他的心里很是激动。突然，前面传来一阵激烈的枪声，连队随即停了下来。

原来，关上西侧主峰的敌人发现了华野部队的行踪，以机关枪封锁了正面阵地。因为山谷狭小，施展不开，1 营先退了下来。

王若杰问当地的一个向导，是否还有别的路可上。向导说，西侧有一条崎岖狭窄的小路，一侧是悬崖，夜间行走恐有危险。王若杰说："走小路部队运动虽有困难，但敌人的戒备会松懈一些，便于偷袭，咱们就从那儿上。"

杨谷川当即报名参加 1 连突击排，跟着向导由小路攀登而上。

　　时值早春二月，夜半的风格外阴冷，但战士们一个个仍精神饱满。大家悄无声息、井然有序地攀上了山顶。此时，锦阳关山顶的守军经过黄昏时的战斗，大多疲惫不堪，纷纷躲在掩体、石墙、巨石后面梦游周公呢。走在前面的突击排排长突然停下了快速前进的脚步。原来，是山顶一个警戒哨从避风的大石后面站了起来，见他只是在山头上转了一圈，看看没有什么动静又躲到巨石后面。突击排排长便做了个手势，杨谷川和另一个战士悄悄地摸了上去。

　　敌哨兵再次站起来的时候，他身后突然多了一个人影，随即，他被捂住口鼻，感觉脖子一凉，便陷入了黑暗。

　　排长再次挥手，示意突击排全体人员迅速摸上山顶。队形展开后，排长一声令下，机步枪和手榴弹火力齐发，打得敌人晕头转向，一片混乱。

　　后续部队随即跟着发起冲锋，山顶的敌人显然还没有回过神来，慌乱中，其中一部被歼，另一部想要逃走，于是，山谷里除了枪声和杀声，还回荡着敌人慌不择路跌下山崖时凄厉的惨叫声。

　　就这样，1营顺利地占领了锦阳关西峰和东峰阵地。

　　在1营攻克锦阳关之时，82团对大寨庄的进攻却出现了问题。

　　大寨庄在锦阳关以北，南、西、北三面傍山，国民党第12军新36师107团3营驻守于此，早已修起了防御工事。除了村里的明碉暗堡，敌军的兵力大都部署在山上，环山各要点构筑有地堡群，外有战壕，壕外布设鹿砦，各堡有交通壕相连，形成了一个坚固的山地防御体系。

晚上9时，82团在夜色中发起了攻击。由于地形复杂，敌人地堡群的轻重机枪交叉火力封锁了我军进攻的路线。各营按火力压制、爆破、突击之战术手段轮番争取，但进展极为缓慢，临近天明尚未攻下。

宋时轮接到报告，不禁皱起了眉头。大寨庄离明水只有20余公里，如果不能及时拿下，天亮后敌人大军若配合航空轰炸占据有利地形，就更难打了。此处离锦阳关仅2.5公里，处于狭小山谷内，大部队难以展开，若敌军从吐丝口镇再来个南北夹击，战局将危矣！宋时轮当即决定，除82团全团之外，再加强84团1营，保证在21日拂晓前攻下大寨庄据点。

1营2连2排排长戴先运是山东兖州人，打仗很善于动脑。当兄弟部队在北面和西北角发起攻击的时候，他仔细研究了东南角的地形，利用突出的山崖避开正面地堡的火力，带着全排从陡峭的险壁上攀爬，成功登上了山顶。他们顺利地摸到敌指挥所侧面，来了个"中心开花"，在掷弹筒和轻机枪的集中轰炸和扫射下，摧毁了指挥所，同时居高临下，向村内和左右山头的敌人发起猛烈射击。

指挥系统一瘫痪，国民党军顿时大乱。围攻大寨庄的各营趁机向敌人发起了总攻，敌人四散溃逃，各个山头纷纷被攻克，村内村外响起了一片"缴枪不杀"之声。

21日清晨，一宿未眠的10纵司令部各指战员接到了我军攻克大寨庄和锦阳关的捷报都十分欣慰，宋时轮高兴地说："锦阳关是'曹刿论战'的发生地，这一仗也正是我们 10 纵的淬火之战，我们要让部队在战争中多摔打，多磨炼，逐步成长为一支攻得上、守得住、打得胜的雄师劲旅。"

此时，一轮红日从东方升起，齐长城像一条巨龙蜿蜒在崇山峻岭之中，缕缕霞光映照着残雪，散发出色彩斑斓的光芒，让人想起"山脉回环瓮缶中，仰头一视接天空。西连岱岳五云际，北枕长城一线通"的诗句。

口镇攻防战

吐丝口镇在莱芜县城东 13 公里，当地盛产蚕丝，是蚕丝的集散中心，因此得名，又简称"口镇"。口镇的面积比莱芜城还大，处于明水、博山通往莱芜的"丫"字形公路交叉点上。民国时期，口镇被称为"博济寨"，系早年防范土匪修建而成，高约 4 米的围墙墙基由石块砌成，十分坚固。李仙洲觉得此处适合做后勤基地，就将军用物资仓库设置在这里，储有上百吨弹药及数十万斤粮食，第 12 军新 36 师师长曹振铎率部在此驻守。

此时，在口镇西南的片家镇 6 纵指挥部，6 纵司令员王必成正组织纵队主要干部召开战前会议。王必成身材不高，脸面嫩白，少言寡语，乍看上去像个瘦弱的私塾先生，但是，了解他的人都知道，他曾在抗日战争期间率领着一队新四军驰骋江南，打鬼子指挥有方，连战连捷。延陵大捷使他声威远振，江南人民称赞其团为"老虎团"，称他为"王老虎"。

王必成轻轻拍了拍手，作战室立刻安静下来。他说："口镇的得失，关系全局，是敌我必争之地，务必全歼口镇之敌，切断莱芜敌人的退路。"

他提高了嗓门问："大家有没有信心？"

众将领齐声大吼："没问题！"

尽管 6 纵上下一心，指战员也满怀信心，但战场永远是意外迭出的地方。王必成没有想到，口镇这场硬仗，是华野在这次战役中打得最激烈、最艰苦、最难啃、牺牲最多的一场攻坚战和阻击战。

16 师师长张云龙领到的任务是与 18 师的兄弟部队一道，采取偷袭和强攻相结合的手段攻占口镇。在正式行动前，他派出的侦察员得知，12 军新 36 师的 7000 余人不是东北军，而是由投降日军的伪军改编而成，有一大批反动的"还乡团"成员，有的曾当过汉奸，生性顽固狡猾，对八路军十分仇恨。我军对口镇的防御阵地部署情况并不了解，但这丝毫动摇不了张云龙的信心和决心。

2 月 20 日晚，北风凛冽，寒气袭人，口镇四周一片漆黑。6 纵 16 师 47 团借着夜色的掩护向口镇西南进发。

何进修是突击连的一名普通战士，行军路上，他感觉自己的心脏剧烈地跳动，便一直暗示自己：一定要沉住气，给被"还乡团"害死的家人报仇。晚 8 时许，47 团在向导的带领下沿着一条深约 2 米的水沟秘密向前运动。口镇有外壕、鹿砦、坚固的围墙，筑有碉堡、隐蔽部，看上去敌军准备得十分充分。当我军部队逼近外壕时，敌人的警戒哨突然大叫：

"什么人?！口令……"

话音未落，何进修的枪响了，同时响的，还有其他点位。战壕上，哨兵的尸体还未完全倒下，突击连战士已经进到圩墙下方，搭起了人梯。何进修第一个攀上圩墙，后续跟上来的战士们迅速向两侧展开，短短几分钟就控制了数十米长的突破口。

当守敌反应过来的时候，战士们已经抢占了圩墙上的有利位置，轻机枪和冲锋枪也已经开火。当敌人一个连的兵力反扑时，何进修正躲在垛口旁，手指放在冲锋枪的扳机上，静听连长的口令。他的眼中，敌人的影像从远变近，从小到大，从模糊到清晰，在几轮呼吸中，敌人已到十多米开外，他听到一声："打——"

紧接着，他感受到了枪身的震动，面前的敌人一排排倒下。当他从激烈的枪声和手榴弹的爆炸声中抬起头来，看见敌人正丢下满地的尸体溃逃。

没等他欢呼出声，连长的声音响了起来："做好准备，敌人马上又要反扑了！"

在何进修的身后，一排排华野战士从已攻占的圩墙上源源不绝地冲了过来。

40分钟后，16师师长张云龙收到战报：46团、47团、48团已全

部突入口镇，并肩突击。3 个小时后，我军已控制了大半街区。张云龙不由得兴奋地握紧拳头，挥舞了一下。

初战胜利，但王必成的心却沉甸甸的。原定计划是偷袭和强攻结合，但一夜过去，战斗打成了强攻。口镇以东，新 36 师在短短的时间内就构筑了周密的工事：每个街巷口均筑有地堡，或在巷口虚堆障碍，在纵深处筑地堡。这样故意诱使我 6 纵攻击部队冲入巷口，然后从地堡射击，给我军造成很大杀伤。同时，敌人各碉堡间射界是经过计算的，可相互支援，即使碉堡无法固守，敌人仍能在左右及后面的火力掩护下撤退。因此，华野虽占领了许多碉堡，但没能捉到俘虏，也没能大量歼敌。为避免密集队形遭受敌机轰炸，王必成决定留一部分兵力控制已占阵地，将主力撤出，整顿战斗组织，准备再战。

21 日上午，6 纵重新调整部署，16 师、18 师组织 6 个团先后进入口镇发起进攻。

何进修跟连队一起，从镇内由西向东攻击。他刚冲进一个巷口，眼角余光便看到火光闪动，他立刻向前卧倒，身后的墙壁上一排机枪子弹孔溅起的石块碎片，砸在了他身上。

何进修一个骨碌滚到另一个巷子口，看到房屋已经塌了一半，他毫不犹豫地爬进房间，迅速穿到另一间房中，在这里能清晰地听见地堡内歪把子机枪嗒嗒的声音。他用刺刀轻轻地撬开一道砖缝，发现地堡设在旁边一处民居的拐角处，射口正对着巷口。他从窗口看了看，随即把三颗木柄手榴弹捆在一起，跳了出去，几步就摸到地堡射击口

旁边，他拉弦后默数了三下，然后将手榴弹塞进了地堡。

一声闷响，地堡哑了，正前方被压制的战友看到这一幕兴奋地大喊："进修好样的！"

就这样，16师各部采用突破与爆破、穿插与分割的灵活战术，在曲折的巷子中，展开了逐屋、逐街、逐巷的争夺战和拉锯战，战斗打得十分激烈。

越靠近东部，战斗就越激烈。敌新36师在火力配合上十分默契，不仅预先标定了火力射击范围，直射、曲射火力衔接到位，毫无射击死角，且火力转移迅速，分工明确。16师进攻部队完全处在敌六〇炮、掷弹筒的火力覆盖下，敌八二迫击炮、山炮则凶残地轰击着华野预备队。

何进修与战友们干脆避开街道和巷路的明碉暗堡，攀屋上房，沿着房屋推进，或者直接炸开墙壁迂回进攻。敌人发现了这一招，开始用火力封锁墙上的枪眼，眼看还是被我军战士攻破，他们索性点燃房屋，阻拦进攻，自己从地道撤退。

何进修所在连队虽然占领了多间房屋，但敌人投掷的燃烧弹引燃了众多民居。熊熊大火中，连队不得不放慢攻击的节奏，暂时后退，待火势转弱后再度进攻。

这样一来，华野在口镇的战斗便进入一个诡异的慢动作状态。

青石桥攻防"喜剧"

当口镇的战斗进行得如火如荼时，另一边的青石桥上演了一出攻防"喜剧"。

青石桥村在口镇西北 6 公里处，得名于村南小河上一座全青石筑成的精美三孔石桥，也是明莱公路上的一处重镇。李仙洲命新 36 师 106 团驻扎于此，和口镇形成掎角之势，互相救援。

20 日夜，当口镇战斗激烈进行时，正在青石桥村监视敌军动向的 6 纵 17 师侦察员在丛林里发现了青石桥与口镇敌人的电话线，即派通信人员挂上单机监听敌人的通话内容，意外听到了新 36 师师长曹振铎命令 106 团立即向口镇靠拢的重要命令。据此，6 纵 17 师在村南设下了口袋阵，单等敌人出城。

可笑的是，106 团浑不知自己的意图早已被识破，还自作聪明耍了个声东击西的把戏。

第二天早上 7 时，青石桥守敌出动一个营的兵力，摆开阵势，5 次猛攻青石桥以北的梁山阵地。守卫梁山阵地的警 4 团居高临下，很快将其击退。无心恋战的敌人退回了青石桥。这场认认真真的演出没有取得预期的效果，青石桥以南的伏击阵地并无动静。

下午 1 时，106 团出动先头部队向青石桥南枣园发起进攻，想打开通向口镇的路，却发现有我军的 17 师部队埋伏，又退回了青石桥。

戏剧化的一幕出现了。正当 17 师师长梁金华准备组织夜晚的强攻时，青石桥的敌军却因急于向新 36 师靠拢，在傍晚分兵两路再次突围。

17 师指挥部迅速改变了强攻青石桥的部署，兵分两路，警 4 团一支部队兵不血刃占据了青石桥，抄了敌人的后路；主力部队则埋伏在枣园大路两边，充分发挥善于近战、夜战的优势，从正面接敌，又分别从敌人左、右两翼冲击，在敌阵中纵横穿插。半个小时后，战场上的炮火声渐渐沉寂下来，新 36 师 106 团变成了一队队垂头丧气的俘虏。

前来助战的我军民兵队队长张继增手中换上了一支捷克式轻机枪，肩上还扛着两支"三八大盖"（即三八式步枪），他乐呵呵地押着一队俘虏，调侃着："这些兵真尿，一吆喝'投降啊'，接着把枪扔下，就这样。"

五　誓死集结，
小洼阻击战

严峻考验

20日深夜，以每夜50公里速度兼程赶来的华野1纵不顾疲劳，在莱芜城西南开始执行歼灭莱芜城外围之敌兼参与攻打莱芜城的任务。

经过激战，1纵1师攻占了城北的重要制高点安乐山（400高地），并控制了北门外的北铺、小洼等村庄；2师进占城东的戴家花园，3师攻占城西大曹村、小曹村等地。21日黎明时分，1纵从北、西、东三面将莱芜城的四万多敌人紧紧围住。叶飞给各部队下达的任务是："巩固已得阵地，打垮敌之反击。"

然而，1纵刚刚攻占了安乐山，就遭到了敌人飞机、坦克、大炮的猛烈攻击，一时间，烟雾弥漫，爆炸声震耳欲聋。

叶飞接到前线报告，心中十分疑惑，落在阵地上的炮弹数量和密度，显然不是敌 73 军一个师的配属炮兵能打得出来的。

他感觉似乎有什么情况超出了掌控，立刻向野司报告。粟裕也有些疑惑，只能告诉叶飞："尚未收到 4 纵、7 纵的报告，且暂时联系不上 4 纵和 7 纵，无法判断敌情具体有了哪些变化，你临敌相机行事吧！"

叶飞放下电话，知道战场瞬息万变，只能静待时机。他正要下令让各师构筑工事准备苦战时，技术侦察台主任秦基跑来向叶飞报告："敌 46 军先头一个团已到莱芜的汶河南岸附近。"

叶飞一愣，心想：怎么可能？他马上追问："秦主任，你有没有搞错？敌 46 军在颜庄，我 7 纵在它附近阻击，还有 4 纵在莱芜以南设防，怎么能突然来到这里？"

秦基坚持说："不会错的！"

叶飞说："那你说说这情报是怎么搞出来的，根据是什么，有没有把握！"

秦基看着叶飞严厉的眼神，知道事关重大，不过他对自己的技术和经验十分自信，便说："从四个特征可以判断。第一，敌台用广西语呼叫，北线战区内只有 46 军这个桂系电台报务员是广西人；第二，从讯号特征、技术状况可以确定，这是 46 军的团级电台；第三，从其音量响度可以判定它就在对面的汶河南岸；第四，它一直在呼叫师部和军部，尚未得到回答，可以断定敌 46 军的各部电台在行进中保持静默。"

正在叶飞思索秦基情报准确性的时候，8团来报，抓了一个敌46军的探子。原来，8团与敌46军前出部队都误认彼此是各自的友邻部队，敌46军因此还派人前来联系，不想却是送上门来。

叶飞亲自审讯此人，这才知道李仙洲集团的73军和46军已猬集莱芜！

原来，20日下午，8纵、9纵提前两个小时发动了对77师田君健部的伏击，王耀武得报，知道情况不妙，便令46军放弃颜庄，向莱芜靠拢。而4纵和配属部队因山区地形复杂、道路难行，未能赶到指定地域，得以让46军顺利通过。

叶飞倒吸了一口凉气：原计划先歼73军后歼46军，一纵2.6万人马攻打莱芜李仙洲军部加一个师，我敌兵力为4∶1，占据绝对优势；现在敌军两部会合，集中了两个军，兵力对比倒过来了，成了1∶2，1纵处于明显劣势。这可怎么办？

叶飞一面向野司报告新情况，一面紧急和纵队其他几个领导人会商。他们意识到，1纵的阻击将决定整个战役计划的成败。为了全局，必须与敌军拼死一搏，拖住他们，等其他纵队赶到，实施合围。

后来的开国上将叶飞，此时正面临生平最严峻的考验。

"人民功臣第一连"

率军进驻莱芜后，李仙洲初始兵力配置是这样的：前方指挥所及73军军部驻守莱芜城，15师驻城外西北高地，193师占领东关及其北面高地；一个团占领西关，一个团占据莱城及矿山，一个团扼守城南通向颜庄途中的西盘龙寨，一个团为师预备队，由其派出一个连据守安乐山。城南紧靠汶河，南岸村庄则派出部分警戒小组。

李仙洲发觉被围，倒也不慌。他认为，只要固守住莱芜，南线欧震集团军将南北夹击华野，国民党军必胜。但自己撤退的路线也必须安全畅通。他注意到，小洼是莱芜城与矿山、口镇之间的必经之路。占据小洼，便能截断莱芜与口镇华野军之间的联系，还可以确保攻占矿山的友邻部队侧翼安全。

21日拂晓，敌73军主力15师和总部特务营在15师师长杨明的指挥下向小洼杀来。惨烈的小洼阻击战开始了。

小洼地形如同其名，既小又凹（洼），像口小锅，易攻难守。守卫小洼的是1团1营1连共140人。1团的前身是新四军三支队第六团，有着辉煌的战斗成绩，包括夜袭浒墅关、黄桥决战等，其伤员在阳澄湖畔坚持武装斗争后又发展壮大的传奇经历被改编成《芦荡火种》《沙家浜》等戏剧，名扬中外。

天亮时分，1连全连迅速构筑了防御工事。连长李金山带着1排和营部两挺重机枪守卫村南正面阵地，指导员徐峰带3排守卫西南边小高地，2排做预备队。战士们表示，上级把守卫小洼的任务交给1连，一定要坚决完成任务，在战斗中打出1团的传统，打出1连的威风！

上午9时左右，莱芜城内数十门轻重火炮向小洼阵地发起猛烈轰击。接着，一个配有汤姆式冲锋枪等轻武器的步兵加强团 1000 多人在 10 多架飞机的掩护下，排成 4 路纵队，沿着公路向小洼扑来。

大家沉着应战，1 排和 3 排形成交叉火力，一次次地击退敌军的轮番冲锋。班长孙广才带着 3 班打排子枪，专拣敌军的机枪手和指挥官打。当敌军距阵地较远时，1 连就发挥轻重机枪、步枪、掷弹筒与六〇迫击炮的威力；当敌军靠近我方阵地几十米范围时，1 连就发挥手榴弹的近战威能；当小股敌军冲进阵地时，战士们就勇敢地跃出战壕，展开肉搏战。就这样，我军一次次地打退了敌人的进攻。

见到小洼村正面阵地火力凶猛，敌人当即重新整队，向 3 排守卫的小高地迂回进攻。徐峰立即组织大家做好战斗准备。当敌人一轮炮弹轰炸过后，有三个黑衣人，背着与 1 连战士一样的背包向阵地跑来。奇怪，他们是干什么的？

隐蔽在前沿工事里的 9 班班副是江苏泰兴人，乡音未改，"搞子"是他的口头禅，大家都叫他"泰兴搞子"，真名反而没人知道了。他朝那几个人喝道："站住！什么搞子？"

"6 纵队的，不要误会，过来跟你们联系。"来人边说边靠近。

"口令！"徐峰追问道。

对方答不上来。

"站住！""泰兴搞子"发觉不对，更大声地喝道。

三个黑衣人完全不搭理，冲了过来。

"这是敌人的便衣特务！开火！"随着徐峰坚决的话语，"泰兴搞

子"一扬手臂，手榴弹飞了出去，两个黑衣人被当场炸死，剩下一个带伤的想逃跑，被9班一个新战士一枪撂倒了。

"指导员，你看我这个'搞子'打得不坏吧？"9班班副把自己也叫成"搞子"，很是高兴。

徐峰说："嗯，给你记上一功！"

见欺骗手段无用，敌军再次集中兵力从公路西侧以密集队形猛攻，企图抢占我军西南侧的小高地，用火力封锁控制小洼村与正面阵地。徐峰知道，激烈的战斗又要开始了。

敌人一阵排炮猛烈轰击，小高地上仅有的六七棵松树几乎全被削平了。接着，大批敌人在机枪的掩护下向阵地发起冲锋。三排的轻机枪响了，成为至关重要的杀伤火力。

多年后，徐峰回忆起这挺轻机枪的故事，胸中依然澎湃。

"3排排长缪明清带领8班去占领斜坡上的几个坟包，想靠前阻击敌人，不料才冲出几步就中弹牺牲。8班班长施宝林愤怒地直起身子，端着轻机枪向敌人猛烈扫射，敌人纷纷倒地。施宝林也成了敌人集中射击的目标，不一会儿，他连人带枪栽倒了。

"机枪一停，敌人又号叫着冲过来。危急时刻，担任预备队的2排由排长王开轩带着人从8班后面插了进来。原来，李金山见3排危急，及时指挥预备队增援小高地。王开轩奔上几步，抱起8班长的机枪，架在坟包上就打。才打了几梭子，机枪不叫了。真急人呀。5班班长钱光州原是机枪射手，他马上接过机枪，熟练地倒上些枪油，立即又打响了。钱光州正打得来劲，一颗子弹打中了他。9班战士王纪华马上接替。当王纪华也倒下时，5班战士欧阳龙跑上去抓起机枪……真是前赴后继，英勇无畏，1连的战士个个是好样的。

"可是，我们的机枪又不响了。敌人蜂拥而上，快要爬上高地了！

"'机枪，机枪！'我着急地喊着，正要跑过去查看，'嗒嗒嗒！'我们的机枪又叫了，叫得那样顺畅，那样猛烈，那样叫人痛快！

"敌人一串串仰面跌倒，号叫声成了惨叫声，扔下了横七竖八的尸体，又一次溃退下去了。阵地上响起了我们战士的欢呼声……"

是谁在这紧要关头扣响了机枪？

徐峰讲到这里，沉默了一下，他说："我看见机枪旁躺着一个战士，鲜血染透了他的军衣。在他爬过的地上，一条长长的血痕触目惊心。我明白了，是他拖着负重伤的身体，一边流血，一边爬过去扣响机枪的。敌人打退了，而他……他永远刻在我的记忆里，我永远记着他的名字——吴风奇。"

时过正午，敌人出奇地没有进攻。徐峰知道，这是敌人发动更大规模进攻前的沉寂。1连立刻抓紧时间抢运伤员，收集弹药，调整战位，整修工事，准备迎接更激烈的战斗。

敌人的进攻又开始了。徐峰发现，前方150米开外，有个敌人的脑袋在晃动，还伸出一面小旗，但伏在地上的敌兵都没有动。摇旗的军官干脆直起身子向后面招手，这是他们再次发起冲锋的信号。徐峰命令3排："打那个摇旗的！"同时抓起机枪就扫了过去。那军官往下一栽，看不到了。打中了！徐峰高兴地抬起身想看得清楚些，这时，一发子弹穿透了他的左前胸和后背，徐峰只觉得背脊上有股湿漉漉的东西往下淌，随即昏迷了过去。

当徐峰再次恢复意识的时候，他是被喉咙口的凝血呛醒的。李金山告诉他，已把正面阵地交给1排排长王国栋指挥，李金山到村西南侧的小高地上亲自指挥3排，并把2排预备队也拉上小高地与3排并肩战斗，要徐峰安心下去疗伤。于是，徐峰被连队文书唐克送往后方医院。

中华人民共和国成立后，唐克接受记者采访，讲述了指导员徐峰负伤后1连在小洼战斗中最壮烈的一幕。

敌人向小高地发起最猛烈的进攻。山上的敌人封锁了1连通向营、团指挥所的道路，敌机轮番狂轰滥炸。1连电话线被敌机炸断，中断了与团指挥部的联系。敌人的督战队也出动了，他们关上莱芜城北门，见到往后退的就开枪，逼迫国民党军士兵冲锋。

李金山带领2排、3排的战士们在敌群中冲杀，驳壳枪子弹打完了，就用冲锋枪扫，冲锋枪子弹打完了，就从敌人手中夺过步枪刺。突然，一颗子弹击中李金山的头部。战士们见连长中弹牺牲，胸中的怒火在燃烧，他们高喊"为连长报仇"的口号，与冲上小高地的敌人展开了激烈的肉搏战。

已经多处负伤的1排排长王国栋在悲痛之际，挺身站起来高声喊道："同志们！全连听我指挥，坚决同敌人血战到底！我们只能前进一尺，决不后退一寸！"他指挥3班收集了敌军尸身上的子弹，用排子枪射击敌人，又击退了敌人的四次冲锋。

1连的战士们，在这紧要关头更加英勇顽强。大家知道，在小洼多坚持一分钟，多拖住敌人一分钟，就为整个战役多增添一分胜利。他们主动站出来，接替班长、排长的指挥，自动并班并组。大家在王国栋的带领下，用石块敲直拼弯了的刺刀，用沙泥擦去刺刀上的凝血，用刺刀、枪托、铁锹、石块与冲入我阵地的敌人进行殊死搏斗。

共产党员陈瑞有撕掉包扎头上伤口的纱布，先是一枪托砸烂了一个压在战友身上的敌人的脑袋，面对围上来的一群敌人，威风凛凛地虎吼："谁敢上？！谁上谁死！"敌人一时恐惧，陈瑞有趁机挺起钢枪，一连刺杀了六七个敌人，力气用完了，敌人冲上来后他扔出了最后一颗手榴弹。

战士贾敖其身负重伤，敌人冲上来要缴他的枪时，他也拉响手榴弹与敌人同归于尽。

战士彭大昌在敌人攻上来时没有来得及在枪上装好刺刀，就一手抓着刺刀，一手持枪朝敌人冲去，左拼右捣，先戳后敲，撂倒了三四个敌人，最后被敌人子弹击中，英勇牺牲。

在拼杀中，王国栋两次负伤，第二次伤势较重，就由重机枪排的副排长李锦国接替指挥。他们退入村头的两座房中，把剩下的人合并成两个班。大家擦去刺刀上的血污，抹掉脸上的汗水，紧一紧腰带，依然顽强地钉在小洼村头，誓与敌人决一死战！而此时的敌人也已经胆寒，未再进攻。

下午 4 时，冬日的太阳开始西沉。在 4 位通讯员先后牺牲后，营部通讯员卢学林终于冲过敌人火力封锁来到小洼，传达团首长的命令：1 连出色地完成了预定任务，按照上级统一部署，撤出小洼。

在激烈的战斗中，1 连击退了敌人的 14 次轮番冲锋，付出了惨重代价。全连 140 名指战员，活着走下阵地的只有 36 人，其中一大半是伤员。华野和纵队都给 1 连记大功一次，授予其"人民功臣第一连"称号，赠"气壮山河"锦旗。全连共评选出 14 名战斗英雄。守卫小洼西侧北铺山高地的 3 连 2 排，也荣立大功。

战斗下来，1 团的油印《前进报》刊登了华东野战军政治部写给 1 团的慰问信，信上写道："你们一团的伤亡，代替了全军的伤亡，全军评功，当推你们第一。"粟裕在莱芜战役总结报告中写道："第一纵队最吃力，虽然缴获不多，但在整个战役中起了决定性作用，应算第一功。"

而李仙洲，得知以 10：1 的兵力比，被小小的 1 连打败，恼怒之下，将 15 师师长杨明撤职查办。

在小洼阻击战展开的同时，莱城周围地区均发生了战斗，一些重要高地和村庄，都得而复失、失而复得数次。

在叶飞的指挥下，1纵各部浴血战斗三昼夜，将莱芜敌人紧紧钳住，不让其逃脱。22日下午，华野各纵均赶到出击位置，一场大围歼战就要开始了。

坚持到最后一刻

再看吐丝口镇。

22日夜，6纵继续发动总攻。何进修跟随连队，突进到了敌新36师指挥部所在的关帝庙周围区域。一眼看去，关帝庙那翘起的飞檐已经被炮弹炸掉了一半，檐上的脊兽在寒风里晃着，将坠未坠的样子。

何进修一看，我军在街这边，关帝庙在街那边，中间只隔着几米宽的横街。敌军借助关帝庙坚固的房屋和围墙，设下了一个立体的防御网，横街已经成了一个死亡阵地。何进修听见战友们说：

"团政委曾德铭倒在了这条街上。"

"突击营的贾朝阳教导员刚才也是在这里牺牲的。"

"师长张云龙身负重伤。"

"听说48团伤亡太大，要撤下去了。"

……

此刻，身在6纵前敌指挥部的王必成看着一份份战报，神色极为凝重。他看向政委江渭清和副司令皮定均说："野司传来命令，李仙洲总部和 73 军明天早上突围，要通过吐丝口镇逃回济南。我们这里是口袋阵的袋底，所以我们今夜必须拿下敌新 36 师。告诉张云龙他们三个师长，必须完成任务，否则军法不容情。"

镜头转到关帝庙前线。

47 团、48 团下达了组建敢死队的命令。一时间，请战血书纷纷递了上来。"关键时刻，党员就要站出来冲上去！"团首长一致决定，由党员组建敢死队。顷刻之间，第一批的 20 名共产党员纷纷手持冲锋枪，胸挎手榴弹，目光坚定地站成一排。

何进修在一旁看着他们，心中陡然生出一股豪情，心想：我也要入党！

在四挺重机枪火力的掩护下，敢死队冲了上去。

某班的副班长刘沿山被对方的子弹击中，身受重伤。本来他可以原地不动，等待担架送下战场去及时救治。但何进修却看见，已经无法站立的刘沿山在地上蠕动着向前爬行，一只手里还拖着重达 30 斤的炸药包。

每爬一步，何进修都看到他由于剧痛而浑身颤抖。然而，刘沿山却没有停止前进。在他身后，留下了一条殷红的血迹。

终于，刘沿山把炸药包拖到了敌军构筑的工事前，随着一声巨响，突破口被炸开，战士们再次呐喊着向前冲去……

第三夜的激战后，双方维持在一个攻防相对平衡的状态。

此时的口镇，大火依旧在被摧毁的房屋上燃烧，浓烟四起，遍地废墟。敌我双方的尸体铺得到处都是。看着那些已经牺牲和在担架上流血的华野将士，王必成心疼得直哆嗦：这可是自己好不容易培养起来的百战精锐啊！

但心痛中的王必成却没有料到，正是口镇还在国民党守军手里这个现实，让战役进程发生了一个意想不到的大转折。这一次，胜利的天平又一次倒向了华野。

曹振铎多次向李仙洲和王耀武报告，自己仍在坚守，希望李仙洲能给自己增派援兵。增援的请求没有得到批准，但李仙洲却从中推断出两个重要信息：一是向北撤退路上的要塞口镇还在国民党军的手中，那里还有充足的粮食和弹药；二是新36师是杂牌军，居然能挡住共军王牌部队6纵的进攻，那么华野的战斗力不过如此。以73军和46军的实力，面对这样的对手，赢起来应该很轻松。

这样的推断，帮助李仙洲下定了最后的决心。

华野希望对手放弃坚城钻入口袋阵，以便减少伤亡。从这个意义上讲，口镇攻坚未果，可以说是歪打正着。

六　将计就计，
百千万众擒群虎

最后的挣扎

2月21日黄昏，天气阴得厉害。李仙洲想起白天血战小洼居然没有攻下来，不由得心烦意乱，就带人来到城墙上视察战备情况。莱芜的城墙均为青石垒就，环绕全城。城墙有二三十米高，上面可以容纳两匹马并行。城墙下面，一条深深的护城河泛着冷森森的清光。这在冷兵器时代，的确是一座坚城。

李仙洲在城墙上郁闷不已的时候，王耀武也在济南发愁。各方面的战报已经汇集，77师被灭，陈诚的南线兵团迟迟不至。自己手下就这么点儿兵力，如果分兵增援李仙洲，陈、粟趁机攻打济南，自己的责任就大了。如果固守莱芜，两大部队挤在小小的莱芜城中，每天的人吃马嚼、弹药供应是个天文数字，单靠空投肯定不够。口镇的新36师被围成铁桶一般，还不知道能坚持几天。总之，不如让守莱芜的部队突围，与新36师汇合，解决弹药物资等问题，一举两得，大军撤回明水，保存实力，守护济南城和胶济、津浦两线。

想到这里，王耀武决定先斩后奏，他命令李仙洲"全军经吐丝口（镇）向明水突围"，又怕陈诚阻挠，就派副参谋长罗辛理携亲笔信专机赴南京面见蒋介石。

蒋介石看了王耀武的信，沉思半晌对罗辛理说："敌前撤退不利。既已下令北撤，应特别注意后尾及两翼的安全。"

蒋介石的回信耐人寻味："祈求上帝保佑我北撤部队的安全和胜利。"让人不敢相信这居然是一个领袖的无奈——将部队的命运寄托在上帝的身上。

接到王耀武电令的李仙洲，只好召开军事会议。73军军长韩浚、46军军长韩练成、前方指挥所少将高级参谋王为霖、第二"绥靖区"司令部第二处少将处长陶富业等人参加会议。会上发生了激烈的争论。

李仙洲说："王司令电令我集团即刻北撤，在明水及其以南地区集结待命。大家说说自己的意见。"

王为霖说："王司令命令已下，我们应该立即执行。"

陶富业说："共军的装备和机动性不如我军，我们应该抓住时机，马上经吐丝口向明水突围！"

李仙洲不太想撤，说："我军面对的很可能是共军主力，突围撤退容易中了共军的运动战毒计。现在南线的欧震集团必然已经北上，可同我们收内外夹击之效。我军固守待援，稳妥一些。"

陶富业说:"肯定是共军主力,昨夜我 73 军 77 师在和庄被共军围歼,师长田君健阵亡。10 分钟以前,曹振铎师长再次报告弹尽粮绝,让我们增援,吐丝口镇怕也顶不住了。"

王为霖说:"莱芜城池太小了,恐怕也顶不了几天。王司令已经加派空军全天掩护行动,明天拂晓,一定要北撤!"

韩练成说:"我赞同李副司令讲的。北撤突围不一定胜过固守反击。徐州陈诚总长电令,共军临沂主力准备渡过黄河,正在费县运河架桥,命我北线集团阻击。即便目前与我交战的部队是共军主力,估计也就是几个师,我军也应该去阻击!"

韩浚说:"共军主力绝不是要北逃,很大可能集结在莱芜城外,准备围歼我集团军!你固守等待欧震救援吗?他们还守在临沂那座空城准备邀功呢!守瀛学长啊,早下决心,赶紧突围!再拖下去,要是曹振铎丢了吐丝口镇,我们连退路都没有了!"

王为霖说:"副司令,同意仲锦(韩浚字"仲锦")军长的意见吧,立即撤退!"

陶富业说:"我赞成撤退!"

王为霖又说:"副司令,不撤,胜利无功,可王司令已经下令撤退,失败可就是大过了!"

李仙洲听了,神色一动。

韩练成说:"徐州陈总长命令我军阻击陈毅北逃残部……"

李仙洲抬手打断了韩练成的话:"不必再争执了,如今形势下,

079

退守明水应是上策。一切责任，由我承担。况且吐丝口镇还在我们手里，十多公里路，我们大家闯一闯就过去了！"

韩练成只好闭口不言。

李仙洲环顾众人，说："既然决心撤退，宜快不宜迟，应立即行动。"

韩浚说："我觉得明天一早就应该开始突围！"

众人附和，李仙洲点头说："好。"

唯独韩练成面有难色，说："我46军刚到莱芜，大部分都在城外，已经和共军纠缠在一起，另外进城后还要补充弹药物资。无论是战还是撤，至少得有一天时间做准备。要不，副司令带队先走，我46军断后。"

李仙洲皱起了眉头，现在两支部队只有46军的3个师未经大战，建制完整，全部是美械装备，是这次突围的绝对主力。他看了韩浚一眼。

韩浚说："不妥，这个时候我们还不清楚城外共军有多少兵力，不能分兵。"

陶富业说："由莱芜到口镇，也就不到30里路，以我两个军的实力，完全可以解口镇之围，同时内外夹攻，聚歼北逃共军，一举两得。"

李仙洲说："那就这么定了，韩军长，再给你一天的时间做准备，23日凌晨6时突围。下面，确定一下突围军力配置，电告王司令，请他派空军压阵配合。"

最终，李仙洲确定了撤退方案：大军分为两路，沿着两条平行公路向北突围，左路为 73 军，沿莱吐公路经周家店、吐丝口镇到明水，指定萧重光的 193 师担任左侧卫，据守在城北矿山制高点上的一个团担任后卫；右路为 46 军，经孝义集到吐丝口镇后，在 73 军后面跟进。李仙洲总部随 46 军行动，指定海竞强的 188 师担任右侧卫，15 师的两个团担任后卫。李仙洲还特别规定，在突围的先头部队到达吐丝口镇后，后卫部队才能撤离矿山和莱芜城，不得提前撤退。

散会后，韩练成默默地向宿营地走去，脑海中却如大海般掀起了狂涛巨澜。

华野张开"口袋阵"

莱芜城东 20 多公里外有个美丽的小山村，名叫石湾子村。村子东临沙河，与寄母山隔河相望，西为西风山，南靠包头山，北依青龙山，整个村庄是三面环山的地势。

华野前敌指挥部就设在村里的一座较大的四合院内。大院西山墙挨着山根，高出宅院的根处生长着两棵百年老槐树，每棵的树围有 3 米多，高 10 米多，枝繁叶茂，树冠如同大伞般向东伸展，将大半个院落遮盖在树荫中。攀上此树可俯瞰小院乃至小院周围的一切，是理想的安全观察哨。

22 日，陈毅和粟裕正在作战室分析李仙洲下一步的可能动作。

他们一致认为，如果李仙洲凭据莱芜城的坚城厚壁而守的话，为了避免南线欧震军团到来夹攻，华野就必须抓紧时间攻城，这将会付出极大的代价。如果能够诱使李仙洲出城，华野在运动中打歼灭战，将会减少不必要的伤亡。

正在此时，一份来自敌军高层内线的绝密情报放在了陈毅和粟裕的面前。浏览情报内容后，陈毅不由得笑着说："真是想睡觉的时候，就有人递枕头。"

原来，情报中透露，李仙洲集团已经在做放弃莱芜城向吐丝口镇方向突围的打算，并命令正在那里的曹振铎全力固守，保证撤退通道。

上午，正当6纵18师师长饶守坤准备夜晚再战口镇时，王必成接到了粟裕的电话："莱芜的敌人明天可能向北突围，你纵既要坚决攻克口镇，又要堵住北窜之敌。前指准备抽调18师到口镇以南，设立袋形阵地，隐蔽埋伏，阻击敌人。"

饶守坤接过电话，听见电话里粟裕沉稳的声音："守坤同志，迎头堵截，任务很艰苦，但无论付出什么代价，都必须堵住李仙洲五个师的冲击，这关系到整个战役的成败啊！"

挂断电话后，饶守坤率领接受任务的18师，迅速从口镇战场撤出，向口镇以南进发。

口镇离莱芜14公里，由两条间隔二三公里的平行公路相连。两条公路的外围地形崎岖，它们之间则是松软的泥土，地形低洼且难行，沙河河水弯弯曲曲，斜穿这两条公路而过。

18 师师团干部和参谋人员看到这样的地形，都皱起了眉头，这一带的平原地形可谓无险可守。唯一可以利用的，就是在河堤上构筑阻击工事。但这可怜的优势在五万大军的冲击下，将会变得十分脆弱。如果李仙洲集团真的打通华野 18 师的防线，与吐丝口镇的守军会合，那华野大军这场穿梭数百里的南征北战，将陷入攻坚的被动局面！

在综合了大家的意见后，饶守坤指着公路说："敌军是机械化部队，对道路条件要求很高，我们必须想方设法迫使敌人进入公路，陷入公路之间的松软泥土中。敌人有五个师，人多车多，又是逃跑而来，只要先袭击他们，引起混乱，肯定利于我军歼敌。"

当即，饶守坤决定利用东侧公路边的崎岖地形和西侧河堤的有利地形布成口袋阵：安排 52 团在港里地区正面对抗敌人冲击；安排 53 团在山头店、李家镇一线，为右翼侧击部队；54 团为左翼侧击部队，分别在张家庄、崔家庄、张家洼等地，伺机发动攻击，迫使敌人离开公路，从而延缓敌人进攻正面阵地的速度。各部队将火力重心配置在一线，构成严密的火力网，抵挡对方的冲击。

指挥部里，陈毅、粟裕在连夜紧急部署，已经到达的 4 纵、7 纵、8 纵先后集结到莱芜城附近，决定沿莱吐公路以 1 纵、2 纵、7 纵组成西路突击兵团，以 4 纵、8 纵组成东路突击兵团，各部队按计划进入阻击阵地，准备集中打一场载入史册的歼灭战。

入夜，凛冽的寒风低吼着，想要摧毁一切的抵挡物。整个莱芜和口镇地区全部无眠。曹振铎在关帝庙指挥部队对抗着王必成 6 纵的一次次犀利攻击，还在梦想李仙洲到来给他解围。李仙洲也彻夜未眠，他聆听着城外传来的枪炮声音，潜意识里把口镇的曹振铎还有集结在那里的枪支弹药和补给物资当作逃生的希望。坐在师指挥部里的饶守坤也彻夜未眠，他在思考着第二天的战斗方略。

冬夜的星空寒冷，寂寞而壮丽，俯瞰着无眠的山城。此时，城里城外，数十万人都枕戈待旦。苍茫大地，只待谱写英雄诗篇！

大决战

2 月 23 日，"龙抬头"后的第二天。一大早，国民党军各部队便来到指定地点集合。天雾蒙蒙的，让李仙洲心里有些发虚。按说，大雾天气，突围方占据天时之利，可李仙洲总觉得有什么事要发生。

李仙洲没有看到韩练成。他问 46 军参谋长杨赞谟："韩军长还没到吗？"

杨赞谟答："他说要去安排好后卫阵地。"

李仙洲点了点头。早上他碰到了韩练成，说是要去城东高地找夏团长。他建议让传令兵去，韩练成坚持亲自前往，他也不好阻拦，但内心很是恼火，"啥事让你一军之长这么拖拉"。他有心不等韩练成了，但总部需和 46 军一起突围，主官不在，怎么指挥部队！

李仙洲便下令："杨参谋长，抓紧时间去找你们军长，部队马上就要行动了!"

城外，国民党军 73 军先头部队已经和华野 1 纵阻击部队交上了火。韩浚正在指挥作战，听通讯员报告后，他赶了回来："守瀛学长，不能再等了!"

李仙洲看了看手表，已经是早上 8 点钟了。他叹了口气："全军立即行动!"

韩练成的神秘失踪成了李仙洲心中一个巨大的疑团，直到十多年后才解开，当然，那时天地早已重新开启。

莱芜城北门大开，一队队身穿灰军装的国民党军士兵乱哄哄地涌出城门。此时，早晨的薄雾已经散尽，能见度极佳。四架漆着青天白日徽章的飞机在天空盘旋着。飞机下面，通往口镇的两条简易公路尘土飞扬，73 军在左路，46 军在右路，一窝蜂似的涌出城门。5 万多名国民党军，带着全部火炮、汽车和装备，按照作战队形在拥挤的公路上开进。

此时，华野 1 纵司令部上空升起三发信号弹，红、蓝、白三色十分耀眼。原来，粟裕早就与 1 纵司令员叶飞商量好了，叶飞守在北门外的阻击部队假作不敌，放敌人出城。叶飞统一指挥 1 纵和从南线赶回来的 2 纵、7 纵，组成左路军，分布在公路左侧相应阻击阵地。8 纵司令员王建安指挥 4 纵、8 纵组成右路军，在公路右侧准备歼敌。左右路军分布在莱芜到口镇之间的有利地形间，与 6 纵 18 师形成口袋阵，张网以待。

李仙洲原计划率总部随 46 军行动，但看到因军长失踪，各部队群龙无首，乱哄哄的，不成队形，不禁生出不妙的感觉。188 师师长海竞强说韩练成要他替代指挥，但他明显指挥不动各部队，状况反而更乱了。李仙洲就找了个理由，命令总部转而和 73 军一起行动。

向北约 5 公里，先头部队通过周家店、孝义集后，枪声渐密。李仙洲知道，东西两侧的华野战士开始进攻了。他召集韩浚、杨赞谟等人说："莱芜城北高地和吐丝口镇都在我们手里，对方约有五六个师，我们有六个师，人数差不多，但我们的武器装备可比他们强多了。下一步，加强我们两侧卫的兵力，集中火力对华野反攻，只要冲出重围，咱们就可以反包围，到时，再命令吐丝口镇的新 36 师和莱芜城北高地部队分别从北、南两端出击，变成四面围攻，给他们沉重打击，或者消灭他们。"

韩浚和杨赞谟互相看了一眼，说道："副司令高明。"

李仙洲的战略设想不错，但现实却给了他狠狠的一击。左路的 73 军沿矿山、南白龙向北，这一路主要是平原，华野 1 纵阻击部队不多，73 军 15 师顺利打到南白龙，但在高家洼遭到 1 纵 3 师两个营的有力反击，这是粟裕设计的"口袋"的左侧边缘，火力十分猛烈，73 军被挤向右路，继续向北前进。

右路的 46 军虽然全是美械装备，但长期驻守在广西，又经过桂柳会战大败，骨干损失极大，补充的新兵没有实战经验。三个师沿北铺、山子后向北，对周围的山地根本没有仔细侦察，沿途有小战斗也不管，只顾一路向北急走，能绕道就绕道。

先头 188 师到达芹村、张家洼一线，被我华野 8 纵猛烈的火力拦阻，这是"口袋"的右侧边缘，他们只好离开公路，挤向左路。这样一来，左右两军就拥挤在一起，连带中路的李仙洲总部也遭了殃。一些部队甚至起了内部冲突，在长官的弹压下才停了下来，但混乱的行军局面愈演愈烈。

前河湾村华野指挥部。粟裕早早守候在电话机旁，关注着国民党军的一举一动。当侦察员多次报告国民党军混乱的行军场面时，各参谋长纷纷建议："司令员，现在敌军已乱，我们现在发动总攻吧，肯定是一场大胜！"

粟裕想都没想，直言："不行！"

粟裕又指着地图为大家解释："现在敌军后卫还守在城里和城外高地，如果这时发动总攻，敌人很可能缩回城里，一定要等敌人全都离开莱芜城范围，这时才能真正地实现关门打狗。"

此时，在南京的蒋介石坐立不安，急不可耐。他不断向王耀武查问莱芜战况，一再命令他的空军副总司令王叔铭"尽全力掩护李部北撤"。王叔铭调集了几十架战斗机和轰炸机到莱芜上空作战，他自己也驾机到战区空域指挥。

国民党军以飞机扫射轰炸开道，向北突围。当国民党军蜂拥至毛子庄、山头店地区时，他们进入了华野 6 纵 18 师 53 团、54 团的预设阵地。18 师师长饶守坤在电话里大吼一声："打！"

登时，200多挺轻重机枪刮起了一轮又一轮的射击风暴，前方的敌人死伤累累，后面的敌人又蜂拥扑来。华野战士的各种武器毫不犹豫地猛烈扫射着，密集的子弹带起了一条条火舌，成束的手榴弹砸向敌人，顿时硝烟滚滚，弹片横飞，炸烂的碎石到处飞舞，敌人成片成片地倒下。在18师部队密集的炮火下，国民党军不得不再次败退下去。

中午12时，莱芜城的后卫部队始终没有得到撤退的通知，在恐惧被主力抛弃的心理支配下，全部脱离莱芜城追赶大部队去了。华野4纵、7纵趁机抢占了莱芜城和周围高地，封死了敌人的退路。至此，敌人被压缩到汶水西岸的一片沙滩和开阔地上，东自芹村，西到高家洼，南起南白龙，北至周家庄，东西只有三四公里，南北不到五公里的狭长地区内。李仙洲集团4万多人被完全包围起来，陷入前进不能、后退不得的绝境。

下午1时整，粟裕一声令下，红、蓝、白三色信号弹再次升起，这是发动总攻的信号。顿时，原先隐藏在山上、村中、林间的一〇五榴弹炮、七五山炮、战防炮等纷纷撤掉伪装，在震耳欲聋的炮声轰鸣中，无数炮弹向密集的敌群飞去。顿时，拥挤的国民党军部队大片大片地倒了下去。

见到如此猛烈的炮火，李仙洲大骇，他终于知道自己掉入了陷阱，这时候如果冲不进吐丝口镇，必将全军覆灭。他一面令部属抵抗，一面向在空中盘旋的空军副司令王叔铭紧急呼救。李仙洲与王叔铭是黄埔军校第一期同学，又是山东同乡，平时交往甚密。王叔铭在无线电话中告诉李仙洲："从莱芜到吐丝口镇，共军甚多，突围难以成功，不如退回莱芜城，固守待援，我来负责空投粮食和弹药。"

李仙洲眼看已是四面楚歌，说："现在退回莱芜城已非易事，固守待援更无希望。现在，我们离吐丝口镇不远了，那里有新36师，还有大量的弹药物资，只有一鼓作气突破吐丝口镇才有生路。你加紧轰炸共军，帮我突围部队进入吐丝口镇。"

说完，他再次集中各种炮火轰炸华野18师的阵地，同时抽调后续部队，组成敢死队，呼叫飞机掩护，用汽车开道，又派步兵紧跟，敌军兵力顿时潮水般涌来。阵地上，炮弹呼啸，一片火海，弥漫的硝烟呛得人睁不开眼。

饶守坤抓起电话，大声吼了起来："53团、54团，你们要用最猛烈的侧射火力支援正面守备部队。52团，你们要用迫击炮或山炮支援各团，要不惜一切代价，坚决抵住敌人，决不放跑一个！"

此时，18师分出一部分机枪对空扫射，迫使敌机不敢飞得太低。其他部队根本不顾天上敌机的轰炸，火力已经发挥到最大限度，马克沁重机枪的弹链在疯狂地跳动，密集的子弹卷起无数火舌，迫击炮、山炮、掷弹筒炸飞了一群一群的敌人。敌人一直保持着密集冲锋队形，因此，我方战士的一发炮弹可以打倒很多敌人，一排子弹可以穿透一大串，可前面的敌人倒下去，后面的敌人又涌了上来。

国民党军73军军长韩浚带着警卫营，抓住飞机一轮轰炸扫射后的空当，靠着全副美式冲锋枪的近战火力，冲开了我军53团和54团接合部的防线，向东北方向逃去。后续的敌人见到军长带着警卫营冲开了包围圈，立即蜂拥上来。

53团政委张英立即打电话告急。饶守坤坚定地朝电话里吼道："守住阵地！就算53团打光了，你也要钉在那里！"

他又抓起电话拨给52团："彭冲政委，你马上组织出击，限你们15分钟堵上口子！"接着，饶守坤直接上到前沿阵地指挥作战。

彭冲知道，躲避敌机轰炸的最佳方法是与敌人肉搏，纠缠在一起。于是他下令："上刺刀，跟我冲！"一队战士立刻从战壕里冲了出来，呐喊着向敌73军冲了过去。一边以逸待劳，杀声震天，另一边慌乱不已，六神无主，结果可想而知。对方稍触即溃，纷纷转身就跑，或者直接跪地举手投降。

驾机在空中盘旋的王叔铭无可奈何地呼叫李仙洲说："空军已尽了最大努力，猛烈轰炸和扫射了共军部队，但共军不怕死，阻止不了他们的进攻……"

突然，无线电话断了，再也没接通。李仙洲绝望地扔掉了手中的无线电话。

下午3时，华野各纵队排山倒海般同时从东西两面发起大规模的多路冲击，又和南北兄弟部队汇成洪流。战士们不顾敌机的疯狂扫射，穿烟跃火，勇往直前。一时间，枪炮声、飞机呼啸声、华野战士

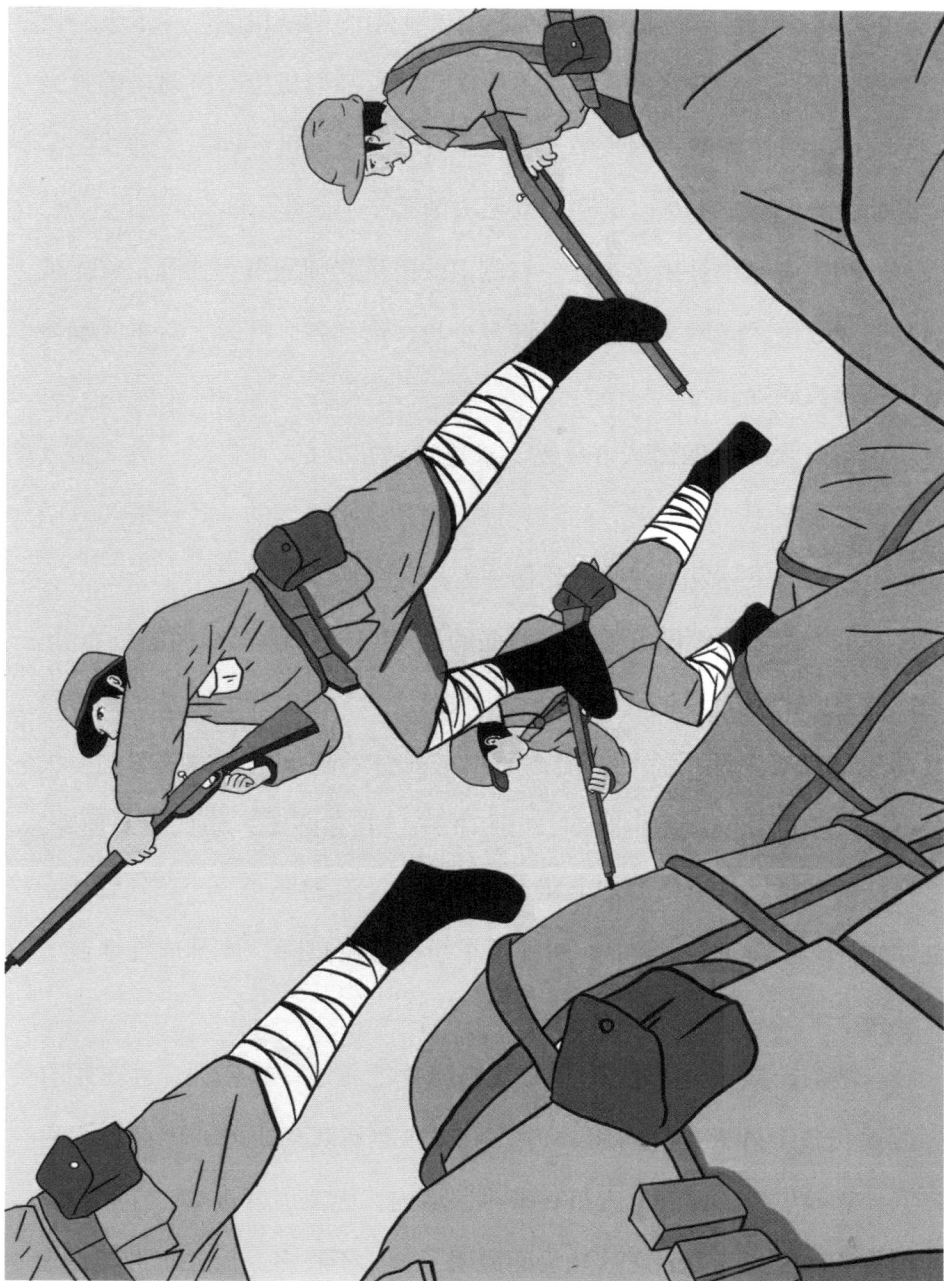

们的喊杀声和敌人的惊叫声混成一片。天空中的敌机刚俯冲下来，便又没奈何地掉头升到高空去了。原来，华野高射机枪对空射击的火力已织成一张浓密的火网，敌机不得不升到安全高度。同时，敌我已呈混战之势，在空中难以辨别，也无法做无差别轰炸。

国民党军中被挑选担任左右侧卫的萧重光师和海竞强师，首先被分割成数段，随后又被分割成许多小块，遭到各个歼灭，萧重光和海竞强都被活捉。

华野大军从四面八方压缩、收拢这条狭长的"口袋"，敌人陷入极度混乱之中。成千上万的敌人被压缩到汶水西岸的一片沙滩和开阔地上，每落下一发炮弹，就死伤一大片。

大混乱和大溃败开始了。西面的敌 73 军往东奔，东面的敌 46 军往西逃，南面的往北跑，北面的往南退，两个军的建制全乱了套，每堆人里都有好几个番号；前头的汽车被打中起火，后边的车辆、大炮、辎重、马匹堵塞一大串，互相挤撞，互相践踏；伤兵无人理睬，轻伤的拄拐逃，重伤的地上爬，有的怒骂，有的哭叫……在华野战士"缴枪不杀"的呼喝声中，国民党军纷纷缴枪投降，成排成连地放下武器。

战后，粟裕总结指出："敌人在指挥上犯了一个错误，就是怕分散被我各个歼灭，随时将兵力集中。加上部队素质差，因此抓得更紧，靠得更拢，四五万人挤在狭小区域内，无法展开进攻，在我炮火杀伤后迅速为我歼灭。这从反面说明了，兵不在多，而在于谁能首先展开兵力火力，并高度发挥其作用，谁就能胜利。"

李仙洲成擒

李仙洲的总部早已在混乱中被溃兵冲散，那些高级幕僚们扔下李仙洲独自逃命去了。一开始，韩浚还保护着李仙洲向北撤退，不知何时两人也在乱军中走散了。更糟糕的是，李仙洲弃车化装成普通士兵逃跑的时候，左小腿中弹，因流血过多，昏倒在山沟里，黄昏时被8纵24师当成普通士兵俘虏了。

8纵24师师长周长胜根据一辆车上找到的李仙洲的名片和证件，还有一旁的呢大衣、披氅、鸭绒被、电镀转轮手枪等，判断李仙洲没跑远，很可能混在俘虏群中，遂发布命令着重审查45岁以上的老兵，向全师通传。

在莱芜山阳村71团3营驻地，一大群俘虏正在等候安置。指导员张伯逵发现一个军官扶着一个肚大腰圆的肥胖老兵一瘸一拐地向村里走去，不禁有些疑惑起来：啥时候国民党的官这么照顾当兵的啦？

他向两人喊道："你俩站住！"

扶着老兵的军官，听到让他们站住，不禁有些慌乱："长官，俺……俺去村里找点儿水喝。"

张伯逵看着他慌乱的神色，顿时更加怀疑。再看那老兵，帽檐压得低低的，躲避着他问询的目光。一身又短又瘦的灰军衣，一看就不是他自己的衣服。

　　张伯逵当即命令卫生员给老兵包扎伤腿，又派战士到俘虏群中查问后得知，这些俘虏大多是第二"绥靖区"前敌指挥总部的，但问老兵是谁，俘虏大都默不作声，只有一个伙夫悄悄地告诉张伯逵："他是我们的李司令，那个军官是他的副官。前两天晚上他嫌俺饭做得不好，还臭骂了俺一顿。"

　　张伯逵听后，走到老兵跟前，喝道："李仙洲！"

　　老兵身子一抖，强作镇定："长官这么大声音，吓我一跳！"

　　张伯逵正色道："李仙洲，你不用装了！"

　　李仙洲还想蒙混过关，说："我……我叫刘子卿，是长清的小学教员，国民党军队上次路过那里抓我当了兵……"

　　正在这时，7连通信员送来刚刚缴获的一包文件，其中就有李仙洲的名片和照片。张伯逵拿着照片，仔细地对照。眼看实在瞒不住了，李仙洲无奈地承认了自己的真实身份。

　　华野特种兵司令员陈锐霆闻讯，亲自前来华野司令部探望李仙洲。

　　抗战初期，陈锐霆在国民党第92军142师425团担任团长，92军的军长就是李仙洲。1941年4月，李仙洲率92军"同室操戈"，进攻新四军彭雪枫部。陈锐霆义愤填膺，毅然率部起义，遭到李仙洲的暗杀和镇压，身负重伤，侥幸脱险后加入了新四军。

　　见面后，李仙洲愧喜交加，叙谈别后风云。陈锐霆见他腿部有伤，仍穿着突围时的士兵服装且早已烂污不堪，当晚回去就将自己的毛衣、衬衣、绒裤、鞋子派人送来，并附信一封：

"物虽半旧，皆系自用之物，聊表爱护之意，日内当派员回后方购买新的。抵达高级机关，今后之生活自能得到适当照顾，身体及思想之自由绝无问题，请宽怀静养，以期痊愈。"

李仙洲感动得流下了泪水。

当华野埋伏的炮兵万炮齐鸣时，73军军长韩浚在乱军中带着一部从缝隙中杀出。路上，他碰见了新36师的残兵败将。原来，曹振铎觉察出华野进攻火力明显减弱时，当即放弃了接应李仙洲部的任务，带着残部从关帝庙中杀出。两家开始兵合一处，向博山方向突围。路遇追兵，两人又走散了。

夜里11点左右，韩浚逃至青石关附近，渐渐听不到枪声，才停下来休息。他看着身边的残兵，悲痛不已，心乱如麻：73军是全美械装备，这下全军覆没，回南京后，蒋介石就算不处分他也不受重用了，到底回不回去？

正在辗转反侧，参谋黄炎勋在他身边低声说道："军长，眼下回不去了，回去南京也要拿我们法办。南京一定会垮台，不如我们到解放军那边去……"

走投无路的韩浚听后眼前一亮，这倒是个好主意。但是，他回想起过去，不禁又犹豫了……

1894年，韩浚出生于湖北黄冈的一个农民家庭，一家人省吃俭用供韩浚上学。20世纪20年代初，在时代浪潮中，韩浚跟随孙中山的脚步投身民主革命。在广东，他遇见了他的贵人邓演达，被推荐为黄埔军校一期的学生，结识了徐向前、陈赓、左权等众多人杰，成为一名共产党员。1925年，韩浚被选派到苏联红军大学深造；回国后，经组织安排进入了国民革命军第二方面军警卫团担任参谋长。南昌起义爆发后，警卫团接受了党的指派，去参加由毛泽东领导的秋收起义，韩浚任副总指挥。可惜造化弄人，警卫团在江西被袭击，韩浚负伤后被俘。

由于看重韩浚的黄埔一期学生身份，蒋介石软硬兼施，最终，韩浚投入了国民党阵营。他先后率部参加了南京保卫战、武汉会战、雪峰山会战等战役，可谓战功赫赫。抗战结束后，尽管不情愿，已是73军中将军长的韩浚不得不在内战中面对自己昔日的同志。那支在当时看起来毫不起眼的秋收起义队伍，走出了开国元帅罗荣桓、大将谭政，还有7位上将、8位中将、6位少将，共23位开国将帅。

回想起过去，韩浚不由得思虑起来：解放军是否能够原谅自己这个曾经的共产党员、秋收起义副总指挥呢？若是翻旧账，岂不是死路一条？

没等韩浚想清楚，一发信号弹腾空而起，早已在此等待的华野9纵立马发起进攻，韩浚一行人很快被压缩到已经干涸的大沙河里。他们本来就没了斗志，身处这样的地形更是无力抵抗。

韩浚无奈，只好让黄炎勋去喊话，说73军军长在这里，有要事相商。华野的部队很快围了过来，问："谁是军长？跟我们到营部去吧！"

情绪低沉的韩浚说："我就是。我走不动了。"

战士们听后啼笑皆非，这就是所谓的要事？

在担架上，韩浚叹了口气，若是当年他留在了共产党队伍中，以秋收起义副总指挥的资历，现在也是解放军的著名战将了吧！当年脱离共产党是因为没跑掉，如今被共产党俘获是因为跑不动……

这时，放下武器的国民党军士兵迅速而有序地坐到银色的沙滩上，欢呼声震动了月色下的松林，发出经久不息的回声。

韩浚看着这些打了败仗却在欢呼的国民党军士兵，不由得又叹了一口气。

175 师师长甘成城坐在担架上，受伤的右脚已经包扎好。在一间临时充作看守所的四合院里，他看到了国民党军众多高级将领：指挥官李仙洲、副参谋长王为霖、参谋处长陶富业，73 军军长韩浚、副军长李政、参谋长周剑秋，193 师师长肖重光，15 师师长杨明、副师长徐亚雄，188 师师长海竞强，新 19 师代理师长巢威等。大家相视，苦笑不已。

在不远的一间屋里，粟裕听着俘虏这些高级将领过程的具体汇报，嘴角挂着笑意。

"这些高级将领大都换上了普通士兵的服装，混在俘虏群中想瞒天过海，不过匆忙之下漏洞百出。73 军副军长李琰先后冒充文书、团副、侍从秘书，可他的细布马裤露了馅，身上还有证明身份的重要文件；杨赞谟倒是把身上的重要文件都扔了，冒充中尉书记，在俘虏中混了好几天，最后还是被查出来；甘成城最有意思，骑着马，却穿着小兵的服装，冒充连长，还拿金笔贿赂抓住他的机枪手老邓，老邓优雅地说：'请将军下马……'"

说到这，大家都大笑起来。

"我军又猎泰山东"

2月23日下午3时左右，国民党军被压缩在吐丝口镇以南一片沙滩和开阔地上，陷入了绝境。当华野将士喊着"缴枪"时，发生了令人唏嘘的一幕：成千上万的国民党军士兵挥动灰色军帽，叫喊着"我们不打了，我们缴枪"，纷纷把枪支扔到了地上。

6纵18师用一个团俘虏了国民党军士兵8000多人，超过了这个团参战人数的5倍。有个战斗小组以4名战士俘敌800人！他们威武地向俘虏们发出口令："向左转！目标大松树林，便步走！"

华野上下，甚至机关人员、勤杂人员、民兵、担架队员以及战地居民都参加了抓捕俘虏的战斗。许多支前民工队队员从战场上下来，换上了美式装备。

下午5时，战斗全部结束。前后不到3天，莱芜战役胜利结束，李仙洲集团7个师全军覆灭。73军77师师长田君健被击毙，新36师师长曹振铎逃至济南城外，除46军军长韩练成外，19名将级军官被俘虏。

傍晚，西天挂着一弯新月。陈毅和粟裕下令：各纵队立刻打扫战场，当晚离开，易地休整，避免敌机轰炸。

叶飞带着华野1纵人马再次经过高家洼、芹村等地时，战场上已是另一番景象：一群群身着灰色军装的俘虏，一堆堆数不清的枪支、弹药、辎重，一串串大小车辆、火炮……庆祝胜利的彩色曳光弹在夜空中飞舞，此起彼伏的欢呼声在山野间回荡。

是啊，经过了半个月的艰苦行军和英勇战斗，付出了这么多流血牺牲，终于赢得了战役的胜利，蒋介石妄图南北夹击华野的计划彻底失败，华野上下怎能不为之欢呼雀跃呢！

正当我军将士沉浸在莱芜大捷的喜悦中时，蒋介石却惊恐不已——他害怕华野会乘胜进攻济南。此时的济南，兵力单薄，一旦被华野攻占，整个局面将会更加被动。23日晚，他带着军务局局长俞济时和参谋次长刘斐飞赴济南，以图稳定防守济南部队的军心和督促防务部署。

此时，得知李仙洲一天之内葬送5万大军消息的王耀武气得大骂："就是放5万头猪到战场上，共产党三天三夜也抓不完。"他第一时间下了一连串稳定济南防务的命令：一是派出探子，查明济南东边西营镇方面有没有发现华野正规军，西边、北边40公里内有没有大部队活动；二是令12军及"绥靖区"特务旅放弃周村、张店、淄博等地，回防济南；三是调整"绥靖区"直属部队和96军防区，收缩阵地，重点配备。

正在这时，电话响了，是济南飞机场空军基地司令部打来的："午后，南京有重要人物前来，不进市区，请王司令到机场等候面谈。"

王耀武来到西郊机场，才知道是蒋介石亲至。当飞机打开舱门时，王耀武看见蒋介石板着面孔，一言不发，一面走着，一面狠狠地瞪了自己好几眼。在济南空军基地司令部，蒋介石把王耀武痛斥了一顿，先是指责王耀武指挥失当，莱芜被围时不该撤退，又指责他用人不当，最后又说："你们只是在莱芜这个战役里就损失了两个军加一个师，损失了这样多的轻重武器，增加了敌人力量，这仗以后就更不好打了。这样的失败真是耻辱。遭受这么大的损失，你是难辞其咎的。"

王耀武想起自己的多次建议和命令被否，李仙洲撤退也是蒋介石点头同意的……现在这顿臭骂，真是冤枉，虽然只能受着，心中却是不服：蒋介石，你的格局也就如此了！

23 日当夜，蒋介石在空军基地司令部提心吊胆地过了一宿，他等不及霍守义的 12 军返回济南，第二天一早便召集国民党驻济南的党、政、军及省参议会负责人员训话"打气"，然后匆匆飞回南京。王耀武观察到，自己的这位校长肯定没有睡好觉，因为他一脸的青灰色。

霍守义的 12 军遵照命令一夜之间撤回了济南，这令粟裕有些后悔："如果我们了解到王耀武能命令其部队一天一晚后撤数百里，那我们即可大胆地将部队插到济南附近，这样敌第 12 军也就无法逃跑了。"

经莱芜一役，国民党军高层开始悲观失望。国民党内部互相推诿扯皮，王耀武怪陈诚不采纳下级意见，陈诚怪蒋介石干涉其军事职权；徐州"绥署"也因此被撤销，薛岳另候任用，由顾祝同率陆军总部移驻徐州，统一指挥徐、郑两"绥署"部队。

战前，蒋介石的训令"党国成败，全看鲁南一役，只许成功，不许失败"，现在看来是有些荒唐，王耀武写给整编第 83 师师长李天霞的信中说的"莱芜战役，损失惨重，百年教训，刻骨铭心"，才是现实。李天霞屡次装病请假，历来骄横的整编第 74 师师长张灵甫也要求休整。

2 月 20 日至 23 日，华东野战军以 60 个团的优势兵力，把在莱芜地区的李仙洲部包围并全部歼灭，取得了莱芜战役的伟大胜利。此次战役，华东野战军以伤亡 8800 余人的代价，俘获国民党第二"绥靖区"副司令李仙洲，歼灭敌第二"绥靖区"前线指挥所，两个整编师（军）部及所辖 6 个旅（师），另第 12 军新 36 师大部，毙伤俘国民党军 5.6 万余人，连同南线及胶济路沿线作战，共歼敌 7 万余人。华野乘胜前进，几天之内，控制了胶济铁路 250 多公里，解放县城 13 座和重镇几十个，使鲁中、渤海、胶东、滨海四个解放区连成一片，大大改善了华野的战略态势。

在向淄博进军的路上，儒帅陈毅诗兴大发，题诗一首：

淄博莱芜战血红，我军又猎泰山东。

百千万众擒群虎，七十二崮志伟功。

鲁中霁雪明飞帜，渤海洪波唱大风。

堪笑顽酋成面缚，叩头请罪詈元凶。

　　"顽酋"李仙洲没有被绑起来，而是与陈毅等人相见甚欢，不似身在敌对阵营，只像多年未见的老友。也许，对这些不愿打内战的国民党军将领来说，被俘反而是一种解脱和一件值得庆幸的事。

七 暗线英雄，
龙潭虎穴写传奇

阳光下的影子

时间往后拨到 1960 年 11 月。

在周恩来总理的关心下，李仙洲作为第二批战犯被特赦，回到济南长清老家。不久后，他在北京受到周恩来的接见。周恩来曾任黄埔军校政治部主任，一见面，李仙洲便对周恩来执弟子礼。他问："老师，多年前的莱芜决战，我率两路大军，尚且杀不出一条血路逃生，46 军的韩练成军长却一个人只身突出了重围，这是为什么？"

周恩来耸耸肩，幽默地说："韩练成同志就在北京，你们可以见面谈嘛！"

李仙洲愣了一下，仔细一想，才明白了老师的潜台词。虽然他最后没有去见韩练成，但是对共产党的感召力有了更深的体会。

1947 年 2 月 23 日，被李仙洲遍寻不得的韩练成临突围时脱离指挥，迟滞了李仙洲大军的突围时间，增加了国民党军的内部混乱。他按照化名为"李一明"的杨斯德的安排，躲进了莱芜城事先安排好的地堡内，一直等到华野大部队的到来。

当日下午，歼灭战正激烈的时候，杨斯德带着韩练成和其他随员骑马到达了新华社前线分社驻地。

分社社长康矛召在村前等候，并以华东野战军政治部秘书长的身份向韩练成转达了陈毅的问候和欢迎："陈司令员命我代表他向你表示热烈欢迎！由于战斗进展迅速，陈司令员暂时还离不开指挥所，一俟战场情况明朗，他会马上赶来看你。"

韩练成说："此刻戎机紧迫，兵家不可稍纵。但李仙洲兵团败局已定，可以预料，打不了多久了。"

见康、杨热烈握手，韩练成会心地说："你们是老战友吧？"

康、杨相视一笑："我们在滨海军区见过。"

黄昏时分，战场的枪炮声渐渐地隐去了。陈毅和政治部主任唐亮赶来，一见面就热烈地同韩练成握手，并告诉他，由于他的情报和举措十分及时，李仙洲部现在大多被歼，大局已定。

新华社前线分社的同志端上了简单的饭菜。在战场上吃上热饭热菜已经是难得的"奢华"享受了。饭间，陈毅问："听你是西北口音，怎么会在桂系举足轻重呢？"

韩练成微微一笑，向陈毅介绍起了自己的过往……

红色使命的召唤

1908 年，韩练成出生于甘肃省固原县（今属宁夏回族自治区）城关的一个贫民家庭，原名韩继周。1925 年，他借用"韩圭璋"的名字考入马鸿逵部的军官教导队。北伐时，归东路军前敌总指挥白崇禧指挥，他的才干得到白崇禧认可，从此和桂系结下不解之缘。

1930 年 5 月，蒋介石与冯玉祥、阎锡山的中原大战爆发，马鸿逵与冯玉祥决裂。5 月底，蒋介石赶到前线指挥。不料，冯玉祥麾下"五虎上将"郑大章率骑兵奇袭了归德机场，烧毁飞机十余架。霎时间，机场上火光冲天，枪炮声大作，附近的朱集车站乱成一团，正在车上指挥的蒋介石吓得脸色大变，性命也危在旦夕。参谋长杨杰立时拨通了守备归德城的 64 师的电话。团长韩练成当时还叫韩圭璋，他拿起电话，只听得对方大声说："是韩团长吗？敌人已经包围了行营……"话未说完，电话就中断了。

韩圭璋得知蒋介石就在朱集车站，立即前去"救驾"。一夜混战后，郑大章骑兵呼啸远遁。

蒋介石于惊心动魄之时被救，对韩练成又赞又谢，紧紧握着他的手，连声说："你很好！你很好！"

继而又问："你是黄埔几期生？"

韩练成红了脸，无法回答。

事后，蒋介石才知道韩练成从未进过黄埔军校，遂下了一道手令，特许将韩练成列入学籍，成为没有上过黄埔军校的黄埔三期毕业生。

从此，韩练成成为备受蒋介石器重的"嫡系学生"，一路官运亨通，抗战后期进入国民党军事委员会委员长侍从室，陪伴在蒋介石身边，直接参与国民党核心军事指挥决策。

在许多人看来，韩练成深受蒋介石器重，前途远大，应该对国民党死心塌地，李仙洲更是这样认为。中华人民共和国成立后，张治中将军曾经发出过这样的疑问，周恩来回答说："这是信仰的力量。"

确实，在革命的道路上，韩练成目睹了白崇禧和蒋介石集团的腐朽无能、丧权辱国、物欲横流后，渐渐失望了。

早在 1926 年 9 月，韩练成就结识了时任北伐军政治处处长的刘志丹，受到革命启迪的韩练成主动加入了共青团，并提交了入党申请书（韩练成在中华人民共和国成立前是否是正式的共产党员也随着刘志丹在东征中牺牲而成为"悬案"）。不料，"四一二"反革命政变时，刘志丹等共产党人被驱逐出北伐军。临别前，刘志丹语重心长地对韩练成说："不管在哪里，不管跟着谁，都不要忘记做革命的人，处处为民众的利益、为国家的利益着想，绝不做反对革命的事。"这句话被韩练成深深地记在心里。

1942 年，韩练成在重庆见到了周恩来、董必武和李克农。一番深谈后，韩练成希望自己能加入共产党，并前往延安。周恩来告诉他，潜伏在敌人阵营里，能够为革命做更多的事情。就这样，韩练成成为仅有共产党少数核心人员知道身份的"红色卧底"。

一　"谍"能顶十万兵

听了韩练成的既往经历，唐亮这才恍然大悟，笑道："哎呀，当初舒同主任去平度兰底镇的46军营地谈判，我还替他捏了把汗，怕他回不来了！这不白让我担心一场！"

话音刚落，在座的众人都笑了起来。

陈毅说："元旦时，我收到军委电报，只说你有起义的可能，让我们以董必武的名义和你联系。可不知道这里面还有这么深的渊源。"

1946年10月，作为国民党整编第46师（由国民党第46军整编而来）的师长，韩练成列席了蒋介石主持的最高级军事会议，了解到蒋介石发动全面内战的战略计划和西北、山东两战场的战略部署，并按照陈诚"鲁南会战"计划来到了山东。

时任华东军区政治部主任舒同并不知道韩练成是与周恩来直接单线联系的红色特工，自荐请缨，与华野敌工部部长杨斯德一同前往，与韩练成达成五点协议，并在韩练成身边留下了两名联络员杨斯德和解魁。

韩练成惭愧地说："我当时虽任46军军长，但下面三个师长有两个'官二代'，一个是白崇禧的亲外甥海竞强，一个是桂系将领夏威的亲外甥甘成城，他俩绝没有支持起义的可能。"

陈毅宽慰他说："韩军长不用在意，你先后送出重要情报，帮助我们粟司令下定了南征转北战的决心。最关键的是，你拖住了李仙洲，使他晚撤退一天，为我们铁壁合围争取了最关键的时间，还让46师群龙无首陷入混乱，你这一'谍'，顶得上十万兵啊！"

1947年1月28日，韩练成到徐州参加蒋介石、陈诚召开的军事会议，回来后马上把国民党进行鲁南作战、全歼临沂共军这一重要情报通过解魁送到临沂，让陈、粟有了充足的备战时间。

2月1日，李仙洲下达了占领新泰、莱芜的命令后，韩练成马上把这一消息告诉了杨斯德。杨斯德用了一周的时间，历经艰险，找到了华野司令部侦察科副科长严振衡，见到了陈毅和粟裕。后者迅速制定了飞兵莱芜的作战方案，并于2月10日晚让主力隐迹北上。可以说，南北之间，华野紧跟着李仙洲部队来到了莱芜，地点如此精准，时间如此巧合，是离不开韩练成的情报支持的。

在华野隐迹北上期间，韩练成巩固蒋介石、陈诚对"共军主力溃败西窜"的错误判断，一再干扰"绥靖区"司令官王耀武、李仙洲等人的作战部署。2月19日，在王耀武驾机的空中监督下，韩练成不得不率46军从颜庄返回莱芜，但他巧妙地把大部队留在了城外，没有进城，从而给自己坚持晚突围一天找到了无法推翻的理由。

当他感觉确实无法率部队起义时，就躲了起来，并将46军部队指挥权交给在白崇禧保护下没有实际战场指挥能力的海竞强，后者的"草包"指挥导致了46军的混乱，并最终引发了大溃败。从莱芜到口镇这片狭长的土地上，不到两个小时时间，李仙洲的5万大军就被覆灭，李仙洲也受伤被俘。

陈毅娓娓道来，将韩练成在莱芜战役中做出的重要贡献一一说出，大家不禁对韩练成肃然起敬。

韩练成说："陈司令，您这么说，太让我汗颜了。这场战役中您的指挥谋略才是真正的史无前例，必将载入史册。"

韩练成站起身来，走到案前，写下了一首七律：

> 下民之子好心肠，解把战场做道场。
> 前代史无今战例，后人谁写此篇章。
> 高谋一着潜渊府，决胜连年见远方。
> 我欲贺君君祝我，还将胜利庆中央。

诗中"道场"表明韩练成对战役结局的欣慰，双方伤亡都少；"前代史无今战例"是对陈、粟开创性地取得大规模歼灭蒋军战绩的赞誉；"高谋一着"是褒周恩来远见卓识，早就埋下韩的伏笔；最后将胜利的功绩归于中央。

"双料"中将再谱传奇

莱芜战役后，为了继续为解放战争多做贡献，韩练成决定再回南京卧底。他说服了陈毅和唐亮，只身返回南京，汇报自己"化装成乞丐"潜逃回来的经过。

凭着 17 年前的"救驾"之功和白崇禧的说情，韩练成重新取得了蒋介石的信任，进入国民政府参军处，负责国民党的军事作战与情报工作。

1947 年 5 月，蒋介石不甘心"鲁南会战"计划失败，再度发动"鲁中会战"，对解放区实施重点进攻。

孟良崮战役前夕，韩练成又"帮"了蒋介石一个忙。

张灵甫率蒋介石嫡系王牌的整编 74 师进驻孟良崮，蒋介石对他在那里固守待援，还是撤走避免被围歼一直举棋不定。他想起韩练成曾经与陈、粟对决，就问韩练成。

韩练成想了想，回答说："陈、粟特别善于打运动战，我们在莱芜就是吃的这个亏，不如以其人之道还治其人之身。整（编）74 师能攻善守，用它来吸引共军主力，再令外围运动到位，来个中心开花，内外夹攻，我军必胜。"

一番话说到蒋介石心里去了，遂下令：整编 74 师死守孟良崮，吸引住共产党军队，再四面合围，歼灭陈毅主力。

蒋介石高估了张灵甫整编 74 师和围歼部队的协作能力，更低估了华野的意志力和战斗力，整编 74 师在孟良崮被全歼，一举扭转了华东战局。

中华人民共和国成立前夕，韩练成的真实身份被国民党方面的何应钦等人发现。在张治中等人的帮助下，韩练成顺利脱离魔窟；中华人民共和国成立后，他加入中国共产党，实现了自己的夙愿。

1955 年，韩练成被授予开国中将称号，成为国共双方唯一的"双料"中将。

韩练成是与熊向晖、郭汝瑰、钱壮飞齐名的深入龙潭虎穴的"四大传奇将军"之一。作为一个"超级特工"，韩练成打入国民党内部，在蒋介石身边潜伏十多年，不仅取得了蒋介石的信任，更是在国民党内左右逢源，还手握大权，被授衔中将。这样的人物，连小说家也编不出来。

毛主席曾高度评价韩练成的功绩："蒋介石身边有你们这些人，我这个小小的指挥部，不仅指挥解放军，也调动得了国民党的百万大军。"

后记　人民的胜利

战后，陈毅接受记者采访时，对粟裕的战争艺术十分赞赏："宿北战役、鲁南战役、莱芜战役的胜利，证明我军副司令粟裕将军的战役指导一贯保持其常胜纪录，愈出愈奇，愈打愈妙。"

的确，莱芜战役使解放军找到了大兵团作战的正确方式。它所展示的战略战术水平炉火纯青、璀璨夺目，在中国革命战争史册上写下了浓重一笔，被列入"世界100例经典战役"中。

在莱芜战役开始前，国共双方兵力是30万对27万，人数差不多，但在武器装备上有着巨大的差距。以国民党军的胡琏第11军为例，共2.8万人，枪支1.15万支，其中冲锋枪就有2370支，各种火炮440门，汽车360辆。相比之下，解放军一个纵队虽然在人数和枪支总数量上与其基本持平，但冲锋枪却少得可怜，平均只有100支不到，火炮的数量也只有国民党军的十分之一，而且主要是75毫米以下的小口径火炮，后勤运输和补给主要依靠支前民工的手拉肩扛。

在这种情况下，华野上下以毛主席"存人失地，人地皆存，存地失人，人地皆失"的人民战争军事思想作为核心指导，战术上采用了被陈毅称为"耍龙灯式"的"运动战"，这种机动灵活的战术远比国民党与北洋军阀作战时形成的刻板战术高明许多，成为中共中央倡导战胜蒋军的主要作战方法。尤其是粟裕，将《孙子兵法》等传统兵法中的作战策略灵活运用到了战斗中来，将运动战发挥到了极致。战役准备阶段，粟裕"示形于南、转战于北"，在蒋介石和陈诚眼皮子底下完成了战役准备；初始阶段，清剿莱芜外围，青石关、锦阳关等战斗确保中心战场不受影响；决战阶段，以"围三阙一"之势，泄敌锐气，最大限度减少己方伤亡。

必须说，陈毅、粟裕的对手也并非鼠辈，陈诚、王耀武、欧震、李仙洲均是行伍宿将，在抗日战争中屡立战功，在莱芜战役中，表现出行军严密、机变应对的特点。特别是王耀武，由于他准确判断出了华野北上用兵和企图歼灭李仙洲部的作战部署，多次使华野出现部署不受控制、行差步错的情况。粟裕7次修改作战方案，踏准了战役的关键节奏，才最终保证了战役目标的圆满实现。

"华东战场上的国民党反动派是老百姓用独轮车推倒的。"陈毅多次在不同场合的讲话中用诙谐而生动的语言，阐明了这个朴素而深刻的道理：战争的胜利，来源于人民群众的支持。

6纵司令员王必成在回忆录中描绘了群众支前的场景："一场大雪过后，一个晴朗的夜晚，我和江渭清同志并马而行，借着初上山峰的月亮的光，举目眺望，只见一路路全副武装的解放军，一队队满载粮、弹的小推车，一排排整齐的担架队，形成一股巨大的铁流，浩浩荡荡，向北奔驰。"

军队、小推车、担架队，这幅场景是对"人民战争"这四个字的出色描写。在莱芜战役中，山东解放区作为作战地域，出动了62万民工参与其中，几乎每一个战士都有两个以上民工为他们提供保障。他们前运粮草，后送伤员，抢修道路，以"破家支前"的决绝和奉献，战斗在鲁中和鲁南作战区域，形成了华野胜敌的"内线"作战强大优势。

"最后的一碗米送去做军粮，最后的一尺布送去做军装，最后的老棉被盖在担架上，最后的亲骨肉送他上战场。"这首民谣道尽了老百姓对解放军的全心支持。普通老百姓和子弟兵一同上了战场，带着爷爷奶奶辈留下的独轮车、拆下门板做成的担架、撕掉自己衣服的大襟里子做成的军鞋，拆掉自己家的屋顶抽出禾秸干草做马料和柴火，甚至奉献出喂养婴儿的乳汁做伤员的营养品。他们的无私奉献使莱芜战役的力量对比出现了根本性的转换。

当20万华野官兵北上转战时，百姓还担负着献粮任务。要知道，贫穷的沂蒙和鲁中人民自己的一日三餐尚不能保证，但他们却保证了每天几十万斤粮食的野战大军所需。十几个村的700户人家，仅用一夜就碾出了1万斤小米。一周内，莱芜人民将1000万斤生熟给养、1万双鞋和数千万斤柴草及时送到了前方。

在莱芜战役期间，人们经常可以看见这样一个场景：冲在前面的是华野战士，紧随其后的是老百姓的担架队。这一幕成为许多战士最深刻的记忆。

1959 年的一次座谈会上，陈毅元帅深情地说："我陈毅死在棺材里也忘不了山东人民对我们的支援。他们在战争中做出了许多可歌可泣的英雄事迹，鲁南平邑一区担架队就是一个范例……"

平邑担架队在莱芜战役中冒死抢救伤员 720 多人。最让人感动的是，他们把伤员照顾得无微不至。为了减轻重伤员们排便的痛苦，他们不舍得让伤员起身，直接用随身携带的喝水茶缸为伤员接尿……为抢救伤员，担架队共有 49 名队员献出了宝贵的生命。如今，担架队的旗帜被陈列在临沂华东革命烈士陵园纪念馆里，见证着军民鱼水情深的光辉过往。

"军民不分离，鱼水共命运"，这是莱芜战役的发起根基；"军队打胜仗，人民是靠山"，这是莱芜战役的真实写照；"军民团结如一人，试看天下谁能敌"，这是莱芜战役夺取胜利的根本结论。

莱芜战役距今已经近八十年了。回首过去，我们从中可以看到信仰的力量，人民的力量，可以从中汲取精神养分，用于滋养初心，淬炼灵魂。革命先辈在莱芜战役中展现出的不怕牺牲、机智顽强、依靠人民、敢打必胜的精神，依旧是新时代追逐梦想过程中不可或缺的意志品格。

时代的洪流滚滚向前，行走在民族复兴的道路上，如果静下心来，重读一下莱芜战役，你会收获很多，很多。

附　红色研学导览

📍 莱芜战役纪念馆

　　莱芜战役纪念馆位于山东省济南市莱芜区汶阳大街，由革命烈士纪念塔、莱芜战役展览馆和全景画馆、鲁中抗日战争展览馆、烈士缅怀堂四大主体建筑组成，是"全国爱国主义教育示范基地""全国

青少年教育基地""全国重点革命烈士纪念建筑物保护单位"和国家AAAA 级旅游景点。

　　纪念馆广场正中，是陈毅元帅铜像。其身后为纪念塔，由泰山花岗石砌成，七个镏金大字"革命烈士纪念塔"为毛主席手迹，阴面为镏金隶书碑文，以简洁文字对莱芜战役进行了介绍。

　　展览馆设有序厅、战前厅、战役厅、支前厅、英烈厅五个部分，结合毛泽东军事思想和《孙子兵法》等传统兵学智慧，对莱芜战役进行全面详细的记录和再现。战役厅中复制的青石关伏击战地形和锦阳关阻击战城关，以"实景 + 投影"方式再现了吐丝口（镇）街巷攻坚战的战斗场景，对城关外围争夺战（小洼战斗）、城北围歼战的辉煌战果和"隐形将军"韩练成的事迹也有详细的介绍。

　　英烈厅最令人缅怀。有对战斗中表现突出的连队和个人的表彰，有满墙的英名录。1809 个名字中，有 982 名烈士连自己的籍贯都没有留下来。烈士们用鲜血和生命换来了今天的幸福，他们的精神将万世长存。

　　全景画馆再现了 1947 年 2 月 23 日下午莱芜战役城北围歼战的宏大战斗场面。画面高 17 米，周长 120 米，地面塑型 1100 平方米，共有人物 5500 多个，战车 240 辆，战马 360 匹，飞机 18 架，真实地再现了丘陵、河流、天空、军队、车辆、飞机等实战场景，融"声、光、电"于一体，具有很强的感染力。坐在缓慢转动的座椅上，置身于经视觉透视设计的立体实景画面中，聆听枪炮声、冲锋号等音响，立即穿越到那血与火的战争年代，颇有惊心动魄之感。

📍 莱芜战役指挥所旧址

莱芜战役指挥所旧址位于钢城区辛庄镇办事处石湾子村，距离莱芜城东 23 公里，是全国重点文物保护单位。1947 年 2 月中旬，陈毅、粟裕率华东野战军由临沂唐庄北上，在此设立指挥所，取得了莱芜战役的光辉胜利。

旧址原为村民李学文 1917 年所建四合院。它北枕青龙山，西靠枫山，东靠沙河，南傍 341 国道，与寄母山隔河相望，位置十分隐蔽。院西枫山坡上原有千年古槐，高 10 余米，是天然制高点。哨兵于此树上站岗，小院及全村周围情况可尽收眼底。陈毅、粟裕及警卫员 10 余人入驻该院，其余人员则分散住进农舍守卫。因指挥所在山崖之下，国民党飞

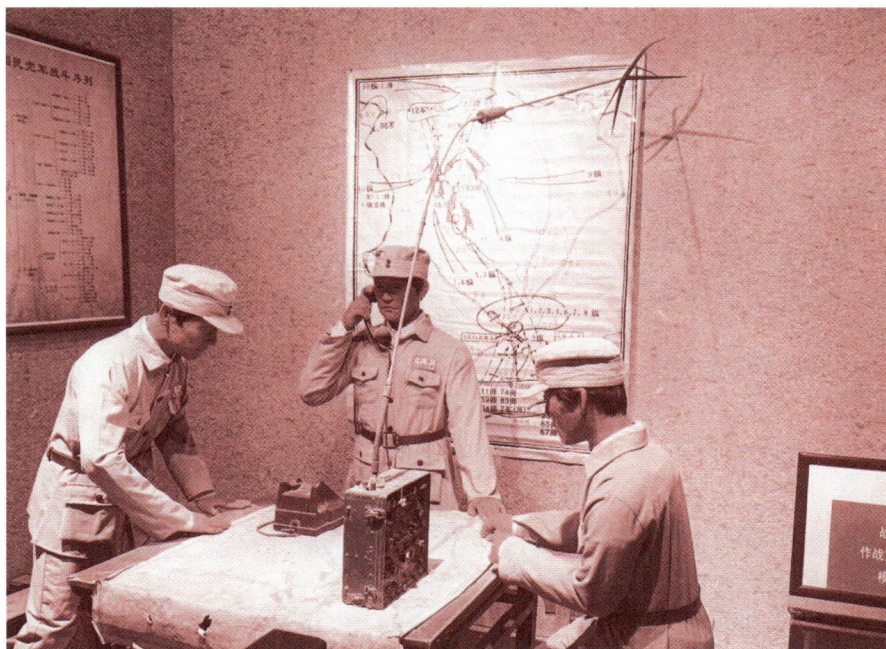

机多次前来侦察未能发现，企图实施地面轰炸的阴谋始终未能得逞。

1977 年，旧址被列为省级文物保护单位，改造成展览室。大门处有"福"字照壁，照壁后共有草顶南房、西房和东厢房各 3 间，北房 5 间，中间小瓦顶正房 3 间。院内银杏树下，有陈、粟、谭三人在石磨边讨论战情的雕像，再现了莱芜战役司令部运筹帷幄决胜莱芜的场景。分设指挥室、作战室、休息室，陈列当时的电台、电话机、坐灯、桌椅床案等办公用具，其他展室则通过莱芜战役参战将领简介展板、实战照片、地图和文字等简要地介绍了莱芜战役的经过。

2019 年，旧址升级改造，增设莱芜战役全息影像馆、莱芜战役实景走廊、"不忘初心 牢记使命"主题广场等，广场上有陈毅、粟裕、谭震林塑像，增加飞机、大炮等军事设施，成为红色教育基地。